最 动 人 的 美 不 做 暴 烈 的 醉 人 的 进 攻

岸上有何欢乐，迫你逃向河流。

世相 156 期

新世相 著

The Fair

我们终将改变潮水的方向

人民文学出版社

图书在版编目（CIP）数据

我们终将改变潮水的方向/新世相著．—北京：人民文学出版社，2016
ISBN 978-7-02-011660-7

Ⅰ.①我… Ⅱ.①新… Ⅲ.①随笔—作品集—中国—当代 Ⅳ.①I267.1

中国版本图书馆CIP数据核字（2016）第111192号

责任编辑　徐子茼
责任印制　苏文强

出版发行　人民文学出版社
社　　址　北京市朝内大街166号
邮政编码　100705
网　　址　http://www. rw-cn. com

印　　刷　北京千鹤印刷有限公司
经　　销　全国新华书店等

字　　数　215千字
开　　本　880毫米×1230毫米　1/32
印　　张　11.25　插页1
版　　次　2017年3月北京第1版
印　　次　2017年3月第1次印刷

书　　号　978-7-02-011660-7
定　　价　49.00元

目录

CONTENTS

Chapter 1 在惯常里藏着了不起的事情

Chapter 2 保持不被潮水吞没的基础

Chapter 3 你的外表是否衬得上你的灵魂

Chapter 4 你有偶尔对世界说去他妈的权利

Chapter 5 生活其实是更重要的事

我　　们

终将改变潮水的方向

■
■

审美本质上是区分好与坏的过程。我们中间的许多分歧，花费大量时间争论，经常是因为没有勇气做最终的好与坏的决断。比方说，我们为了辩论长句和短句究竟哪个更漂亮，举出了无数理由，最终还互相握手妥协，认为各有优劣。事实上呢？长句优于短句是一件不容商量的事。审美是非此即彼、黑白分明的，在这个领域不需要宽容。

有一个关于品位的定义我曾推崇了很久："品位是判断事物好坏的勇气和能力，以及对坏东西说不的能力。"如果细分起来，最难的反倒是对坏东西说不的勇气和能力。我自己对"品位"一词还有另一种更肤浅的解释：品位是准确感知潮流方向的能力，以及明知潮流向何处流动但仍不失去自我方向的能力。说到这里图穷匕见，社会潮流是反感"文艺"的，是调侃和反讽的，但2013年开始，世相始终希望恢复"文艺"的名誉，也希望我们不为坏的潮流所动摇，并努力改变潮水的方向。

如果说我不愿意面对一个空洞的"社会"发出邀请，那么我起码对世相和它的读者有所要求，或有所寄望。我们是时候做出选择。是否愿意承认文艺是生活的根基，是否愿意对抗对文艺的拙劣的伤害，是否愿意重新公开展示自己身上某一部分潜伏的文艺气质。

我热切地希望一个可以公开推崇文艺且不受指点的时代重新归

来。或者说，如果这个时代本身就还存在，希望它浮出水面而不是藏在众人生活的暗影里。希望阅读、旅行、欣赏建筑和油画、当众赞美精神生活都成为新的潮流。

这一切当然散落地存在各个角落，也让人对“文艺溃败”这个论点充满怀疑。但归根结底，为什么需要对文艺的一次统一命名？因为当我们行其实而不扬其名，久而久之，这种畏缩和规避心态成为风气，遮掩正常的文艺生活居然成为常态，那些居于边缘地位的文艺生活首当其冲，遭到冷遇甚至讪笑，漠然和木然随后扩展到最主流的文学生活中。

在此之前，还有工作要做。文艺同样区分好坏，因为它本身就意味着审美和品位。救护文艺的首要任务就是对好的文艺产生共识。坦白讲，文艺的坏品位是让许多其实热爱文艺的人反倒羞于谈论文艺的最主要的原因。我们需要区分好文艺和坏文艺的能力，更需要勇气。长久以来，某一类小众的行为和审美倾向被强横地定义为“文艺”，这类审美倾向包括腻味的抒情、毫无实质内容而形式又做作难堪的言辞、空洞而不知所云的励志、不懂节制的情绪以及腐朽的妆扮。将此称作“文艺”并进而对文艺进行嘲讽和唾弃本身就是不负责任的，是恶劣的，其可笑程度就如同因为有人溺水而希望填没整个海洋那样可笑。

从另一个角度讲，审美是一系列复杂判断过程被抽象化的结果，这些复杂的判断的标准在我们成长到生命某个阶段就已经基本固定，最后内化为直觉，也就是判断力。我们有机会调整自己判断的能力，但这需要我们养成重视细节、不时发问的习惯，为什么在21英寸显示器上五号字体比小五号字体更粗俗？为什么苹果手机的圆直角比纯粹的直角和圆弧更加精致？为什么微笑的小丑比哭泣的小丑更加悲伤？每一次对此类问题的回答都可以训练判断力和审美能力，在这种琐碎问题上花费时间是值得的。

这是我们为获得更优质的文艺生活必须付出的努力——它毫不艰辛，充满愉悦。

为何该勇于承认自己是
文 艺 青 年

我曾经说过这样的话——希望每个人都有点“文艺”气质，只有这样的人，才会对人生、命运、浮沉有思考，才能对人和事有超出世俗算计的理解。

这句话理所当然地受到了部分嘲笑，其背景是在当下中国，称一个人是“文艺青年”已经变成某种便捷的消解和嘲笑方式，即某个人如果表现出真诚的哀怨，或不切实际的审美追求，那么这个人会显得格格不入，可笑，甚至可耻。

急于嘲讽和以貌似游离于真诚的态度调侃一切认真的审美追求都是不正行的。反讽自兴盛之初，只有在对抗错误的权威之时才获得合法性，作为一种生活方式，它是有害的。

在被反讽和段子毁掉的诸多真诚与美好事物中，“文艺”是很显著的一种。套用我最喜欢的句式来说：“世道变坏是从人们取笑文艺青年开始的。”

大概十年前，文学青年成为骂人的词汇，再过几年，文艺青年也成了没人愿意承认的身份。人们匆匆忙忙地、诡异地笑着，或者故作嗔怒地反驳道：“你才是文艺青年。”

这些说辞令真诚地讨论美好事物变得不合时宜，甚至显得丢人，久而久之，以至于当“世相”被称作“文艺青年”所喜欢的东西时，很多人显得忧心忡忡。

重复是一种致命力量。久而久之，也许再没有人会在拒绝承认自己文艺之前先仔细想想,什么是文艺,它可耻吗？我们在随波逐流之际，是否也小心翼翼地切割了某些自己本来很珍爱的东西？

我对这种风气所能竭尽全力做出的理解是，文艺有时候被认为是无病呻吟、矫情、夸大日常生活的戏剧感并且沉浸其中，或者使用某些华丽而毫无实际内容的词汇来形容一种缥缈而不可捕捉的情绪。

但这是一种误解，一种偏见，或者一种刻意的诋毁。事实上，上述特征只是文艺情绪被过度夸张或滥用的表现，而不是“文艺”本身。将一些泛滥的不够克制的或者装模作样的情感归结为“文艺”并加以嘲讽，误伤了很多正常、健康甚至不可或缺的东西。

几乎可以肯定，每个人心里都藏着被称作“文艺”的那些东西。谁不曾在某一瞬间感到忧愁或伤感？谁不曾忽然叹口气觉得这世界过于现实？谁不曾突然被某件美丽的事物——一朵花或者一道日光——

触动并陷入沉思？

被以“文艺”之名进行嘲讽的事物，正是人类精神中最可贵的那部分存在——爱情、美丽、感动、伤感、渺小感等等。相比之下，“文艺”的人选择一种更加精致、尽量不那么粗鄙甚至非常优雅的词汇阐述现实生活，展示内心世界。这原本是一种极为重要的审美的构成，它与苏格兰人门外的花圃以及英国绅士脖子下的领结一样，显示着对世界的积极态度，显示着对品质的追求和对粗率的拒绝。

“文艺”代表着一种雕琢的努力，一种抒情之美。它并非回避真相，而是用更高级的方式陈述真相；它并非忽视现实，而是用鲜美的养料滋润现实。它是真诚的、严肃的、高尚的，它并非只是表面化、碎片化的堆砌一些花哨之物，它向内渴望精深生活，结果导向一个社会的精神世界的丰富，并且可以抵抗过于功利的潮流。在目前，我们并不幸福的重要原因恰恰是“文艺”太少而非太多。“文艺”名声的溃败伴随着我们时代文学、艺术的溃败而发生。

结果，我们毫不留情地对这些重要事物进行围攻，羞于承认自己与它们发生任何关系，并将类似情绪深埋在心里。我们学着别人讪笑或啐口唾沫的过程，就是我们不断抹杀内心深处认可的珍贵情感的过程，就是让自己内心庸俗化的过程，也是我们屈服于粗糙贫乏的集体意识而修正敏感活泼的精神世界的过程。

接受本质，而不是躲避它。我们何必为人之常情而羞愧呢？本质上来说，生命的过程不就是将粗鄙不堪的本质装扮成优雅美好的表象的过程吗？我们都在为生存奔忙，文艺是让这种奔忙的本质显得略带质感的努力。我们都在为了有用而生活，但人性不就是为有用这个本质提供装扮让我们觉得生活不只是功利计算，还可以躲进内心寻求安宁的情愫吗？

只要还愿意在生活的任何方面追求美，谁不是“文艺青年”呢？我受够了，我绝不愿意生活在一个缺少文艺气质的社会里。

我们年轻，我们相爱，我们四处杀人。

《青春小鸟哪里来》 叶三 世相 196 期

如 何 成 为
一名合格的文艺青年

你会冲糖水，但你会冲一杯恰到好处的糖水吗？甜度再增加一点，就有让人痛饮之后感到腻味的可能；甜度略减，喝了就总不够幸福。

很少有人具备这种能力，但我们总是责怪世界上的糖水太多了——即便是一杯恰到好处的糖水在面前，我们也将它混杂在品位低下的糖水里，一同责骂。久而久之，我们不但断然无法获得冲一杯好糖水的能力，甚至失去了辨别好糖水的能力。

我们的确是在失去写作甚至品鉴励志美文的能力，我们制造了“心灵鸡汤”这个词，制造了“文艺青年”这个鄙夷的称谓，结果，对人类至关重要、在无数个关键时刻影响了无数人命运的那类作品，名声统统都蒙上了一层阴影。

这是对“文艺青年”的不分青红皂白的批判大潮犯下的最可耻的错误（这个错误是由那些劣质的文艺写作者协助完成的）。好的糖水太重要了，但现在我们甚至不敢提及，更不用说试着制造。好的文艺作品、好的柔情，都太重要了，它事实上意味着理想主义、教养、尊重和自我敏感，但我们已经不再将它作为好品位的标志了。我们迫切需要重树糖水工业的标准，给这个行业生存和喘息的空间。

但的确有若干错乱在“文艺”之名下发生。坏品位被放大、固化，轻浮之风盛行，这为嘲笑者找到了虽不公道但有效的靶子。爱护文艺的最好方式是成为一名“对”的文艺青年。

_ 拥有坚持品位的勇气

由于豆瓣网、小众网站和交际圈的存在，文艺青年容易接触自己起初并不欣赏但被视作理所应当的行事风格。这时候，合格的文艺青年该拥有向坏品位说不的能力。“判断好坏的能力”以及“对坏说不的勇气和能力”本身就是品位的定义。

不喜欢安妮宝贝、苏珊·桑塔格或乔布斯，拒绝因为别人都在引用而读他们的作品；但若喜欢安妮宝贝、苏珊·桑塔格或乔布斯，拒绝因为有人鄙弃而羞于谈论他们。让人认可的气质永远是自己遵从内心喜欢并长期坚持的结果，《文艺青年装逼指南》不能嘲笑那些真正喜欢并尊重棉布裙子和银手镯的女孩，或……男孩。他们与那些只被肤浅而一时华丽的说辞打动的人本质上的区别，是对选择的清醒和坚持。

_ 给自己寻找某种文艺支撑物

文艺的生活应该是一种深刻的生活，它并非只需要情绪，它需要的是有思考和人生经历作基础的情绪。你是否广泛阅读，了解世界上的许多角落？你是否能停止为不美好的事物盖上假的外表，而是认清它之后去找到它的美？你是否掌握某一种生活技能，并且像对待音乐和绘画一样对待它？太多要求，指向一个，你是否清楚地知道自己以为是文艺的那种东西究竟有什么意义？一旦开始思考，你会发现这思考是无尽头的。

浅薄是文艺的大忌。对“浅薄”一词最基本的解释是“外在表现缺少内在支撑”，确保自己表现给别人的外在形象不会被发现只是人云亦云，毫不了解。比方说，喜欢“摇滚青年”的愤怒、迷醉、反叛，就要了解摇滚音乐史，熟知代表人物的演唱技巧，熟知某个潮流所应和的时代整体气质。让“摇滚范儿”真正动人的，是它的精神内核，即破坏某种确定藩篱的快感，它的反抗是有指向的，并非不负责任的。喜欢一位作家或一首诗同样如此。确保他或它不只是一种肤浅的情感，里尔克的《秋日》很好，但为什么好？想明白之后才在朋友圈里张贴它，确保自己可以和人深入地谈论它。

“文艺”本身是一种向美的东西，是精致设计生活的某个方面，追求精致的精神生活。因而，即便是那些看起来不符合世俗审美的文艺，也都有着某个向度的精神追求：真正信奉迷幻药并从中有收获的人追求的是“剥离尘世的抽象感”，以过度夸张的奢华为追求的“坎普”是追求“对悲剧的反叛”。这都是经过精致设计的体系。相反，将“文艺”视作邋遢、肮脏甚至放弃责任感的想法极为错误。因此，如果你希望赤脚生活，没关系，但你第一件要做的事恐怕是先自己跟自己辩论，确定这真的体现了你追求的生活态度，而不只是学习一种表象。

_ 坚硬的坐标系

文艺的内容就包括对真实世界的洞察理解。

每个人要坦然面对生活，都必须建立认识世界的独有的坐标系，即可以将所观察的事物进行切分的工具。不同的坐标系可以将世界切成不同的形状，找到藏在其中的不同的金块。对坐标系的要求是系统、完整，假如你以商业为系统来了解某样事物，确保它首先被进行了完整的商业分析，一位女士的美貌或者一张纸的厚度，都可以在商业视角下获得认可。人当然应该尽可能多地掌握坐标系，以便丰富自己的观察力，但前提是，起码有一样坐标，你是熟悉的，可以随时供你取用，可以用来指导一切难题。我本人的坐标系是特稿写作，我了解世界结构的方式源自我了解一篇文章结构的方式。我了解一家企业推出产品的速度是否合适，也基于我对于文字节奏感的把握，以及从中得出的对于世界整体节奏感的把握。我看待一份感情里的情话是否妥当，与我思考一篇文章里的形容词使用是否妥当时遵循的原则是大抵相似的。

原研哉的坐标系是设计，他对世界的了解是设计化的，他甚至认为世界的本质是一场设计。对于自己选定的坐标系，必须相信它可以指向最本质的层面，并且用它来看待所有问题。

“分工”虽然倡导专业知识，但并不是对某类重要知识完全无知的借口。在“专业”之外还有一个更高的标准，那就是“知识”。宇宙起源、一朵花的结构与日本和歌的写作手法都是让生活更有质量的知识。我至今念念不忘的一样艺术作品，是国外科学家对苍蝇的头部、花蕊、细胞等物品的摄影。科学与艺术无法区分。

更何况，融合往往带来更美好的生活。除了优秀的工业设计、建筑以外，最平易近人的证据则是那些辉煌的科幻小说和科学性、文学性都很棒的作品，比如《自达尔文以来》，比如《崩溃》，比如《自私的基因》，比如《上帝掷骰子吗》……这个书单几乎有无限长。

_ 对风格拥有选择的能力

选择自己成为怎样的人之前，要知道有哪些类型的人可以成为。因此系统的知识储备必不可少。不要零星获得，尤其不要让通过只言片语了解的事物成为自己风格的核心要素。要利用分类法进行知识储备。分类的意思是，如果你因为读了《乔布斯传》而对包豪斯情有独钟，那么不妨先别到处谈论，先对包豪斯进行远超过百度百科的理解，然后开始系统研习建筑及设计流派，哥特和后现代分别是什么，它们对你的吸引力为何小于包豪斯，日本设计师在面对“饱和世界”时如何选择。了解所有风格可以支撑你的选择，也可以避免你因为视野局限而错过更好的选择。

关于分类还有几个例子，因为它再怎么强调都不过分。如果你某一天知晓了伍尔芙的悲剧生活，认为她是自己悲剧气质的构成，那么立即购买她的传记和代表作阅读（搜索引擎让我们在选择一本书读的时候不会错得太离谱），了解她所处的圈子，对那个圈子的气质和它在英国近代史以及世界经济学史上的地位有起码的认知。如果你宣称自己喜欢花草，那么你需要知道从林奈开始的植物分类学的大致历史，尽力让自己知道我们通称的“玫瑰”其实是月季，而真正的玫瑰是单薄的。如果做得足够好，你要知道什么是“花程式”。

_ 分寸感：准确、克制的表达

分寸感极为重要，很多时候，是否有分寸直接决定着你践行的是好的文艺还是坏的文艺。了解什么是好的表达，什么是好的文字，什么是好的抒情。这不容易，需要对情境的掌握，需要对分寸感的理解。可以柔软，但不能令人打寒战；可以狂野，但不能粗俗。文字表达上尤其如此，在一篇诗里听起来恰如其分的话，在地铁的日常对白里说通常可以被视作坏品位。已经被很多人说过的话，毫不俭省地重复第一万零一遍，就是坏品位。“人世悲欢”这句话，现在就已经不如“人生所能经历的痛苦和欢乐”这句话品位更好。“做个淡然的女子”之所以从最初让人惊艳变为如今遭人诟病，就是因为它已经泛滥，使用上失去了分寸。

当你用一个词，你得有理由。对词语的重视和认真本身就是很文艺的事情。

除此之外，还有更高的要求。“文艺”这东西，从表象上来看天生就跟甜腻的糖水有相似性，因此，总有人误以为甜腻的糖水也是“文艺”味儿的。辨别两者的区别，其实很考验一个人的临界把控能力，最好的文艺永远在文艺和糖水交接的线上踩着走，但绝不能踩进糖水里面去，怎么保证这一点？只能靠多读好的文艺作品，增强自己的修养，总结经验，规避教训。词汇量一定要多，不能只记得几个所有人都记得住的词。词语和情绪都要见好就收，如果一些词明显很有情调，比如“人世”和“亦”，都那么醒目，那么一定要控制数量，你如果非说“人世亦如此”，就真不如“人世也这样”或者“生活亦可以这么说”来得通达恰当。千万不能一路向西，要适时收回脚，回到正常人的语境里待会儿，然后再回去凄美苍凉安静自怨，这样就好比用茶水调剂了一下肉汤，不会腻到别人胃口。

关于这一点，又可以引用普鲁斯特评价贝戈特那句话来打比方，请尽量抄在笔记本上——“在哀怨的行文中插入一两个唐突的字眼儿，一种粗声粗气的强调，不用说，他本人也一定感到自己最感人的魅力正在于此。”

_ 真诚而坚韧

我长久生活在一个我并不欣赏的时代，感到无所适从，我无所适从的最主要的事物之一就是一种戏谑的、不肯直接面对的游走的态度。它的表现包括不正式但漂亮异样的装束，善意但并不严肃的、喜欢消解但蔑视认真追求的谈吐，光怪陆离的、缺乏传统意义感的生活方式。

要真诚，也就是说，尽量避免戏谑地表达。“文艺狗”这种自嘲的词汇不要出现在自己嘴里。将“文艺青年”这个身份视作一件严肃的、重要的事情。

世界的规则是：少女胜过所有诗歌。

世相 303 期

Chapter 1

在惯常里
藏着了不起的事情

就像没有明天那样去生活

年轻时，我半是向往、半是恐惧一种漂浮生活，青春而放纵，只注重酒精、夜晚和当下，充满歇斯底里的欢乐与难过，从不平静，对自己所做的事没有清晰的理解和充分的掌握。它是浪漫的，也是残酷的。浪漫在于那不顾一切闯荡的勇气和决心，抛开一切未来、现实而获得的放纵感；残酷在于有一天我们终将站在时间的河岸回头看待它，青春已经远离，现实终于随着不顾一切的心的消失而重占上风，那些日子留下的欢乐对比着现在的残酷，那些日子留下的伤口则始终不得痊愈。

很难说有谁在年轻的时候没有羡慕过那种生活。但相比之下，更多像我一样的人只是躲在安全而乏味的地方，老老实实地演练中年到来后才应该过的日子。我们相信正常的成功、正常的幸福，虽然也觉得这正常里面缺了一丝盐味。

我们大部分人想得实在太多，也太犹豫了。想得太多并不错，也挺重要的。问题是我们一直想啊想，在虚构和推演中完成了一件事的过程，甚至是完成了一生，我们不但想到了起初的澎湃，也想到了中间的辛苦，想到了结局的动荡和疲惫。这样一来，当“想”结束，激情已经退去，想来想去，没有力气做了。

犹豫也并不总是错，我们的问题是停止在犹豫。思考与现实的不同是，思考有一千种可能性，现实只通往一个结局。思考是安逸的，行动却花费力气。其实哪有那么多事需要犹豫呢，我们通常面临的难题并不是攻陷一个国家。

犹豫往往来自对安全感的过度渴求。有些人从不犹豫，毫无顾忌，就像没有明天那样过着生活。

看到绿妖写她与过去的北京，我觉得对她来说那是一座漂浮的城市，我脚踏实地站过的地方，对她来说是虚幻的、颤抖的。这种记忆是带着盐味的。

在一篇一万字的文章最后一段，绿妖自己写了下面这段话。她歌唱过去的故事，我却总想到每个人都无法避免的、这种歌唱之外同时演奏的世界的冰冷的调子：

谁曾在年轻时到过一座大城，奋身跃入万千生命热望汇成的热气蒸腾，与生活短兵相接，切肤体验它能给予的所有，仿佛做梦，却格外用力、投入。摸过火，浸过烈酒，孤独里泡过，热闹中滚过。拆毁有时，被大城之炼丹炉销骨毁形，你摧毁之前封闭孤寂少年，而融入更庞大幻觉之中；建造有时，你从幻觉中寻回自己，犹如岩石上开凿羊道，一刀一刀塑出自己最初轮廓；烈火烹油中来，冰雪浇头里去。在现实的尘土飞扬与喧嚣之中，你迟早会有一瞬，感到自己心中的音乐，与这座城市轻轻共振，如此悠扬，如此明亮。谁的生命曾被如此擦拭，必将终身怀念这段旋律。

愿我们站在原地，就能有更深刻的生活。

《为了逃避自我而旅行》 沈亮 世相 185 期

在我们的日常生活里可能发生了不起的事情

一

个人如何做历史的推动者？这个话题显得过于宏大。它使人觉得，仿佛必须将“推动历史”作为一件有意的追求才能实现。

因而，当我们做着一件具体而琐碎的工作时，我们更愿意讨论它的短期前景，包括它的商业价值、影响力和自我实现度。至于历史，那种庞然大物似乎与我们正在从事的工作没有任何关系。

但事实上，曾经改变了历史的人，事先往往并未按照设计的路径来发挥自己的影响。许多历史创造者在进行事后看来很重要的事情时，其实只是在做琐碎、具体的工作而已。他们感受到的是日常的欢乐和苦恼。

在《放任自流的时光》里，苏西回忆那一段与鲍勃·迪伦等歌手、艺术家共处的日子。即使是在几十年后，回忆格林威治村那段生活，苏西记起的也都是具体的悲伤和喜悦，以及为了某个近期目标进行的努力。人们所做的，无非只是开办一家音乐餐厅，或是做一件看着顺眼的衣服这种简单的事情。

他们并没有意识到自己对历史进行了什么手术。只是人们后来知道，在格林威治村发生的那些小事成为一种精神象征，这象征的力量四处传播，最终成为一个时代的精神故乡。

二

改变了历史的人并未意识到自己正在改变历史，这件事对我们有着极大的鼓励作用。因为大多数人并不生活在“我正创造未来”的自我意识中。这难免让人沮丧，并且失去对未来的理想主义的期待。毕竟，如果我们正在做的只是熬夜写一篇文章、为了让公司活下去而苦苦琢磨一个产品设计或者和几个朋友聚会聊天讨论些技术问题，我们是不是显得太过微小而失去雄心呢?

我们应该清醒地认识到，大多数浪潮是从我们正在过着的普通生活中产生的。

我经常回到几个激动人心的场景：一个是沃兹尼亚克和乔布斯在一个几十人参加的极客聚会上展示一台不起眼的电脑的那个场景。对两个毛手毛脚的年轻人而言，那只是在车库捣鼓了很久并且受不到什么人注意的爱好的结果，他们要在展示完之后回到加班、领工资或者为考试苦恼的生活中去。而当约翰·凯恩斯跟着一堆朋友（包括）聚会、喝酒、争论时，那些后来影响了全世界经济、哲学和文学思潮的言谈只是很不重要的内容，更重要的是人们之间混乱的交际和爱情关系。

同样，“新浪潮”电影流派的那群组成者，并未意识到自己要开启一个影响力远超出电影行业并延续至今的事业。他们只是像我们常做的那样表达自己，并且，对他们来说，更重要的事情显然是将《电影手册》这本杂志一期一期付印而已。但最终，他们是我们现代生活许多元素的构成者甚至是奠定者。

坚持具体而日常的工作和生活仍然是最大的道德。只是与此同时我们应该对自己有更大的期待。要相信自己每天的烦恼和不起眼的思

我们都盯着狂欢表演，但沉默孤独的人决定一切。

世相 458 期

考有可能会是了不起的事情。潮流总是个人的汇集，抛开潮流的喧闹，将目光集中于每一个人，不难发现他们过着和我们相差不大的生活。

在我们惯常的现实生活里可能藏着了不起的事情。

我听庞麦郎《我的滑板鞋》时想到的一些事

X

这篇文章，是分享我听《我的滑板鞋》这首歌发生的感受变化。我觉得这种思考应该适用于很多人和很多事。

一

第一次听到《我的滑板鞋》，反应就是“难堪”，就像我听到二人转，刚开始听说芙蓉姐姐和凤姐时一样，那是一种不带恶意的难堪，因为我对那种将大众不认可的事物公开展示的行为都觉得难堪，会迅速代入自己的感受——我害怕在众人面前表现出任何不得体，很容易紧张、脸红。这么多年来，很多事情让我觉得难堪，陈光标、唱红歌、干露露……

当然我也觉得《我的滑板鞋》难听。浓重口音，不成调。当时想，这又是一种以哗众为手段的走红方式吧。但慢慢地，我的想法变了，我发现这首歌有一种怪异的力量，听完一遍之后又想再听一遍，过几天又想打开，从一开始的嬉笑、皱眉，到慢慢变为严肃，投入。

最后我居然喜欢上这首歌了，不是觉得它好听，而是喜欢上了。我为此和很多周边的朋友产生了分歧。他们觉得我是那种消费“可笑之物”的人。有人也觉得宣称喜欢这首歌的人都是在消费。

当然我后来知道,《我的滑板鞋》走红不是出于庞麦郎的有意设计，他是真诚地向唱片公司投了首歌。这首歌能够出来，是唱片公司将它发到一个专业小社群里，一群音乐技术高手集体参与制作和编排，然后公开发行的。也就是说，它是一个演唱功底很差、制作技术水准非常高的作品。

但不是因为这些。我思考了很久，它逐渐让我喜欢上并且打动我，是一种复杂的个人生活渗入。

一方面，我出生在山东农村，那里的人们说话也带着浓重的口音，我见过许多拼搏和奋斗的人，见过很多带着完全不符合自己身份的梦想的人。所以我很快就因为这首歌透露出的令人难堪的无知的真诚而有了好感。因为我一度也是那样的人，我的同乡、同学里也有很多这样的人。当然,那些没有这类经历的人不可能有这样的感受,这不奇怪,也不该批评。生于官富之家的章诒和听到老唱腔一起，大概也会产生这样的感受，生活在中产城市家庭的人看到旋转木马也会有这样的感觉。人都被经历定义，不同类型的经历是平等的。

还不止这些。另一方面，当我听得次数多了，时间久了，这首歌播放时发生在我生活里的所有经历也不知不觉和这首歌有了关系。起初只是时间上的关系，慢慢就混杂在一起。这首歌对我来说变成了一种生活经历的伴奏。这个道理很简单，有些歌别人不那么喜欢，你一听就流泪，是因为你听它的时候发生的那件事不知不觉随着歌声又摸回来了。

有人会问，为什么是《我的滑板鞋》，而不是《小苹果》？不只是偶然性。并非每首歌都能击中更多人。《我的滑板鞋》里头有一种用力的挣扎，一种在外人看来非常荒唐的梦想，一种将一件别人不屑一顾的事情当成自己最重大追求的违和感。这种东西本来就容易与包括我在内的大多数人产生共鸣——谁又志得意满，没有些失落和忧愁呢?《我的滑板鞋》打动了很多人，应该有这个原因。

所以我喜欢上了《我的滑板鞋》，真诚地。而且很清醒，我是一方面知道它的很多缺点，一方面喜欢它的。但我也相信很多人真诚地不喜欢它、厌恶它或无视它。我不绑架别人一起喜欢。

二

这种“复杂的个人生活渗入”，我遇见过很多次，每次都造成或多或少的困扰。我说出来，说不定你们也能想到自己身上一些类似的例子。

一个是芙蓉姐姐。我在芙蓉姐姐完全没有名气、只是未名 BBS 一个常客的时候就知道她。当时她就用夸张的词汇讲述自己的经历，过度热情和自信地向大家展示自己。一开始我同样是感到难堪，觉得一个女孩子在人人都以她为笑话的前提下还这么搞，真看不下去。但是久了以后，当慢慢感受到她的努力，她“可怜”之中掺杂着一部分真诚的骄傲，就不再能笑出来，而是开始认真地对待她，并且很宽容。慢慢地，当她成为大众红人，被许多人辱骂（也有人欣赏）时，她对我就变成了一个“努力挣生活的女生”和“我大学时代的见证”两层印象的叠加。所以我对她印象很好，一方面我知道她有很多缺点：功利、算计，但我还是不反感她。当然，每当我认真表达这一点，我会受到不少半开玩笑的嘲讽。

另一个人是刘白羽。很多人看到这个名字可能要愣一下，他是谁？简单介绍几句，他是1949年之后走红的作家，但走红主要是因为符合当时的政治价值。我中学课本上的《长江三日》是他写的，其实我也只认真读过他的这组散文。他也是一个被公认为公德有问题的文人，参与过1949年后的政治，整过不少人，一直为官。2005年他死掉时，很多了解这段历史的人给了他负分的评价。

当时我在中国青年报社工作，在我们的内部论坛上，《中国青年报》非常有名望的记者卢跃刚写了一篇文章，大致批评了他，既批评了他的作品，也批评了他的为人。我看了以后没忍住，回复了一篇文章，不算反驳，提了个不同意见。

那篇文章写得很匆忙随意，只是表达了些感受，我一定是没有说清楚自己的意思，导致误解，结果使包括卢跃刚在内的各位前辈非常错愕。在他们读来，我是在为刘白羽这个人辩护，这不能忍受，一个北大毕业的学生说这种话，脑子是坏掉的。

其实我真正想说的是什么呢？《长江三日》这组文章讲了刘白羽坐船穿过长江三峡的感受，提到了很多漂亮的风景、典故，有很多诗句，“长江三峡巫峡长”这种。而我当时是一个小县城里从未出过远门的农村学生。尽管这篇文章宣扬的是我独立之后就不再认可的价值观和豪情，但当时我读到的却是一种遥远的、壮阔的风景，是“远方”。因此，我想说，这么多年过去了，我对刘白羽这个人和这篇文章已经有了理性上的反对，但这个名字，这种印刻在生活经验之上的阅读体验已经无法更改了。

我想说的是，在批评刘白羽这个人的时候，我也希望怯怯地保护自己的复杂感受。我希望能给《长江三日》和刘白羽这个名字曾给我带来的感念留一个小小的存活的空间，不让它们被一起彻底地杀死。

三

上面很多感受，想必有人和我共同分享，但一定也有很多人无法了解。但这不重要。我们不需要共享某一件事物，我们要共享的是对这种“复杂的个人生活渗入”的尊重。

到现在为止，我也不能欣赏二人转，但我绝对不会在一些听二人转长大的人津津乐道时轻视他们。我甚至不会因此而怀疑他们的审美。

对那些我们不了解、未曾经历、无法接受的生活所带给他人的基因，我欣赏的态度是不赞同，但体谅，如果不体谅，起码尊重。要知道，没有多少人不是被生活定义的，没有多少人有能力、机会、幸运最终对抗了自己的经历。

很多年以后，许多人最终都习惯甚至喜欢上了那些不高尚、不伟大、不精彩的生活。人当然应该努力向更好的世界挣的，但如果有人没能挣出来，也不能算他们犯了什么不能原谅的过错。

该不该“与世界为敌”

一

经常有人问我该不该“与世界为敌”这个问题。交流下来,很有意思。

我欣赏的一种日常生活态度是，在内心坚持视自己还有那么一点不同，对外却并不因此与这个世界表现出巨大的敌意。

在内心里，我们得相信自己与这个世界的所有人和事有所分别。我们找得到自己最珍贵的不同之处，哪怕是一点骄傲的不足以说出的梦想，这是我们保持镇静和不被生活吞没的基础。

但对外并不需要刻意表现出这种不同。也就是说，我们不需要有意乃至表演性地“与世界为敌”。只要心里真的拥有“我有所不同”的自信，我们就不需要通过外在强调自己与他人的不同来寻找存在感。我们可以温和、平静，宽容他人，尊重某些看上去平庸的事物。

这样，我们可以尽己所能地表达尊敬，生出尊敬心。

有内在的分别感又带着平常心态面对外部世界，大概是最理想的，但我逐渐发现，同时保留这两种品质并不容易。

二

我常见到的是两类人。

一类人，经常是年轻人，或始终没有丧失年轻特质的中年人。他们对世界表现出不顾一切的勇气，他们内心视自己为“不同的人”，同时也焦急地希望所有人知道这一点。他们与他人的关系是冲撞性的，是不妥帖的，通过嘲讽、争吵和远离大众生活来表达自己的不同。

另一类人，通常站在一长串人生履历背后，打心底里放弃了“自己有所不同”的看法。他们从不审视和反思，视一切为理所应当，并

罂粟在罂粟的田里，菩萨在远远的山上。

《如歌的行板》 痖弦 世相 299 期

且表现出纯熟的圆滑和周到。他们外在世界没有形状，是因为内在世界没有形状。

丧失内在的分别心会让自己真正变成一个可有可无的人，一个被时代吞没的平庸者。而对外强烈表现出冲突，则会让生活充满痛苦。有些人偶尔问我，为什么自己与众不同却在生活中处处因此受到挫折。我的答案就是：因为真正的自我认可是并不需要通过对外的行为表现出来的。

三

大概两年前，我编辑过一篇关于吴秀波的文章。大概就是从那个时候起我对他的好感开始增加。现在想来，抛开一切是非，他表现出的正是我认可的态度，内心始终不放弃自己“有所不同”的信心，同时却用开放的平常心态应对生活。

我的作者与吴秀波一起参加过一次卡拉 OK，在那个混乱的场合，他表现出的开放和体贴让人惊讶，无论是男人、女人，无论是看客、记者还是朋友，他都不让人感到被冷落。

要知道，吴秀波最初是一个与自己供职的铁路文工团发生冲突而辞职的理想主义者，一个“与世界为敌”的青年。他的生活经历最终让他变成了一个温和精明的人。

但在内心里，他抱有始终不放弃的追求，相信自己可以成为自己期待的那种人。有足够多的机会可以逼迫他完全放弃这种内心坚持。在 42 岁出名以前，他当过餐厅老板、流浪歌手、演员经纪人，他靠近过底层的生活，刷盘子；走穴时看见过有人拿枪指着另一个人的太阳穴；交往九年的女友走了，他身边没有朋友，养活不了自己，靠朋友接济。

吴秀波的成长也许能对很多问我“该不该与世界为敌”的人提出很好的借鉴：无论经历什么，都不要放弃自己的分别之心，要保护自己的不同；但最终，你应该带着这种不同与世界更好地相处。

物质如潮水，精神是河床

一

事情是这样的，在世相的新浪微博 @ 世相 上，两位姑娘发来她们手抄的痖弦的《如歌的行板》的照片，并且留言说："少女情怀……总是诗。"我回复说："有一条没被点明的世界运行规律是：少女胜过所有诗歌。"

这句话应该被展开说得更详细，它是一次深思的结果，而不是一种肤浅的调侃。

诗歌是纯粹的精神事物；少女则是精神和物质的结合。我们提及"少女"这个词，正如普鲁斯特所提到的那样，既是在指一个个可以感触的、具体而生动的身躯、衣着，也在指一种纯粹真实的、冒险主义的、新奇而让人歌颂的精神象征。

而我一直为那些能展现精神和物质结合点的事物而着迷。

文学（包括诗歌）、音乐、艺术……这些抽象的精神产品，虽然都具有某种物质化的形象——纸张和书籍、唱片以及绘画雕塑等——然而它们的物质属性非常弱，大多数时候，这些物质仅是为了承载精神才有价值，尽管我们也对书籍和唱片的装帧花费工夫，但它们的魅力延续自精神产品本身。

另一些产品，既具有精神意义，本身的物质属性也很强，比如建筑、服饰、苹果手机，它们本身是某种强烈精神的产物，但产品本身同样有脱离精神的物质价值。它们的物质属性本身是迷人而关键的，而且在它们身上，精神和物质的迷人之处被叠加并增益。

我越来越喜欢那些使精神价值和物质价值同时并存的事物。这并非表示我对小说、诗歌这样的事物不再热爱，或它们不再重要，相反，它们始终在人类精神的王冠上占有一席之地；但它们从个人偏好上日益远离我。理由是：我相信只有进入具体生活的实用领域，一件事物所具有的精神价值才更容易被大多数人接触、认可、熟知。

这就是为什么我相信“少女胜过所有诗歌”。上面就是我在这个为追求诗意而极端的表达背后希望说的道理。

二

我们超越物质的任何努力都要借助抽象能力，只有物质是具体的，对物质的转述、定义、分类，都需要跳跃一道分布于物质世界边缘和精神世界边缘的狭窄但深不可测的裂痕。抽象需要两种能力，跳跃性和方向感，既要纵身跨越裂痕，又要跳到正确的位置，避免产生妄想和不知所云的解读。大多数时候，这种抽象过程是潜在的，想到这世界上大多数人只能模糊地感知对具体世界的抽象结果而无法清晰理解、掌握乃至描述它，再想到自己也是这大多数人中的一个，难免会感到无力和挫败。但不经过长久的哲学训练，甘愿埋首具体生活和谈论具体事物，是我们自己选择的荼毒。除了寄望于侥幸而来的天才，抽象能力的获取通常需要付出与具体物质生活——肉体上更舒适的生活——融洽相处的代价，面对随时而来的具体世界的崩塌。

我在康定斯基对色彩的描述中看到了抽象的某种巅峰，因为它在别人望而却步、攻坚克难的物质与精神的缝隙两头随意蹦跳，却一直高明地总能落到舒适的位置——而它居然还有实用指南的作用。橙色由于加入了黄色而更接近人。“当蓝色接近黑色，就表现出超脱人世的悲伤。”他说这些话的时候，我们只能无奈地跟随着想起大海，想起我们面对深海若有所思却无法诉说的痛苦。

三

故事是一切小说的根基，正如物质是一切生活的根基。小说没有好故事与生活没有物质基础一样，是糟糕的，是不成立的。但真正让小说优秀乃至伟大的却是故事之外的，是抽走故事之后再去审视并发现的气氛之美，是情节外的短句、标点、景色描述以及情感共鸣的营造。同样，判断一段生活是否成立并美好，需要抽去物质基础之后审视它的精神气氛，是去掉好房子、好鞋子之后，是否仍留下值得希冀和怀念的事物。有时候，小说里的非故事的气氛与生活里的非物质的事物是如此重要，它们可以让故事不好的小说和物质匮乏的生活也不那么难以忍受，极端情况下，只靠这些也可以让小说和生活变得优越和伟大。这也如同煮面高手既需要劲道实诚的面条，也需要一锅好汤，通常而言，面本身的品质决定着面是否成功，但如果有一锅无与伦比的好汤，这碗面怎么都不会难以忍受。

因此，抽去故事看一篇小说，撇开物质审视一种生活，看它是否还能动人，是判断好坏的有效方法。桑顿的小镇也是这样，我抠除了那些具体的悲欢离合之后，检查它是否有一种动人的普遍性的气氛，是否有附着于名词和数据之上的生死的动人、繁华万户的辽阔，以及时间流动本身带来的寂静。这些寻常生活集聚而成的美感更接近永恒。昨天见了张楚，聊起他在《博客天下》上开的专栏。他通常要提前一天筹划好文章结构，然后酝酿情绪，第二天开始动笔写。他知道自己写的故事并没有超出大众经验，也许只是略微特殊一点，关于如何租房子，或碰到一些尚未开始就结束的感情。但故事之外那些对生活的思考和对世界秩序的探寻，那些在情节行将结束之际突然勾出的短句，成为故事的气氛，成为一锅好汤，或者一种动人的精神。

风吹过万物前，先吹过柔软的身体

一

风吹过小镇总是先在旗帜和悬晒的衣服之上显出踪迹，然后才吹动少女的眼波。潮流的显现是一个由外入内的过程，柔软的外在之物最先被趋势和潮流推动，坚硬的内核随后才应声而动。衣物和肉体均是柔软之物。一位歌词创作者在1900年前后就提醒说，“流行音乐的风格像女士的帽子那样易变”。菲茨杰拉德也看出了这一点，他描写美国的“爵士年代”，即知道一个放浪腐败的潮流是首先表现在人们的穿戴和性行为——即对肉体的态度上。

因而别轻视衣着潮流和人们对肉体的态度，它们是前奏也是旗帜。那些发生在女士胸前和男人喉结上的变化慢慢必然就会发生在一个年

风吹过万物前，先吹过柔软的身体。

世相 201 期

代最伟大的文学和最杰出的音乐里头。《花花公子》的兴衰和它趣味的变化代表了很多事情，这是它应该被作为一本重要杂志对待的原因。而广告业——广告即时代本身的欲望，它既是衣物和肉体这些浅显迅速的风潮的结果，也是这些风潮里最敏锐的前奏。

二

我们见到的越多，越知道时代的兴衰。世界自废墟中开始发育，并一次次被重新化为废墟。这并不是坏事，大至一个国家，小到一天生活，毁灭起码意味着重新开始，有一种新生甚至必须以毁灭为前提。1930年代大萧条之中产生了新商业霸主，古典艺术理念的崩塌为现代设计的出生松了土。关键问题是废墟形成后从废墟中长出了什么，焦土之上覆满的是野花还是肥胖的蛆虫。毁灭之后，人们总会经历短暂迷惘，或者认为自己无所不能，或者认为自己一无是处。但通常的结果是，野花与蛆虫同时生长，无力感和全能感总是同时出现，一切都充满临时性，临时的道德、临时的荣辱观、临时的长久目标和临时的逃避心态。

我们身处的时代，大厦倒塌的灰尘还没有完全落定，废墟还没有被完全遮掩，野花和蛆虫的战争没分出胜负，急于欢庆或者急于心如死灰都是无理的急促，“我们只是暂时停顿，还是向着彻底的灾难一路冲去？”这个问题悬而未决，目前积极态度重要于消极态度。在还有比哀叹更重要的争夺正在发生之际，哀叹本身也是轻浮的。

三

时代披在一切事物上，无可逃避。最深刻的灵魂，躲进宗教、诗歌或者哲学的洞穴里，也无法完全逃离时代。世界上不存在被时代彻底遗忘之处——因为海水在流动，即使是无人的海岛也会遇见洋流带来的瓶罐和残骸，获知文明已经变更的气息。

海子在1989年3月卧轨自杀，这件事本身与那一年最核心的故事和死亡没有直接关联，但往深处望去，榕树的根连着桦树的根，那一年的总体原则分别遍布于每一个具体细节，细节之间则互相交错，动荡的风吹过每一个角落，这些死亡和这些故事之间，德令哈的雨夜和国家的哀愁之间，都有着结实的联系。

不熟知时代的气味，如何伟大起来？这句话大体上是对的，从事任何技术，无论是打磨马蹄铁还是制作电脑屏幕，时代都在你潜首工作时站在窗外打量，借以挑选它的宠儿。技术需要动人，而“动人”

二字的标准是由时代风貌确立的。鲍勃·迪伦熟知他所成功的时代，知晓它的荣兴和退败，知晓它的毛孔里透着什么香氛，他了解时代为何选择他，或他如何熨帖那个时代——一个迷幻而沮丧，又怀着莫名其妙的兴奋感的古怪的年代，若非如此，凭什么是鲍勃·迪伦？

但通过上面的叙述，你也许已经看出“不熟知时代气味如何伟大”这句话的若干漏洞。一方面，时代选择恰当的人作为它自己的表情，但它是不是偶尔选择一些本身并未获得启蒙的人？比如，它曾选择一个蹩脚的或者说迷惘的二流乐手谱写的《马赛曲》作为血腥时代的前奏。另一方面，有没有人是跨越时代的，是独立于具体时代之外而符合历史长河的永恒流速的？一定有。这样的人，不需要熟知当下时代的口味和爱好，只需要熟知——凭借知识或者凭借内心的天成——人类的恒久韵律，熟知藏在常情常理里的人性沟渠，熟知人类精神的奇妙。

相比成为一个有趣的人，更应该成为一个识趣的人

只是漫谈。

成为一个有趣的人显得如此重要，最近简直要压倒朋友圈了。一位优秀的作者细致准确地教人们如何有趣，这件事本身就说明了几件事：第一是大家都觉得自己有些无趣；第二是有趣好像是很重要，或者说，在社交中，起码很有好处。

这个好处从高中就开始了。有趣的男生受欢迎，大多数好学生的人缘就输在了有趣上，木讷，害羞，笨拙，自那个时候起就成为一种弱势。那些有趣的人不但占据了饭局和闲谈场合的上风，甚至也让恋爱交友、电视节目成为他们的主场。

每次看着那些两句话让大家哈哈大笑的人，是不是你也挺羡慕的？

本质上，社交这种事属于典型的“沦落到比谁的人缘好”的事件（这个概念是保罗·格雷厄姆提出的）。因为没有明确的目的，最终成为主角的人往往就是人缘好的人，而有趣是人缘好的重要方式。这就出现了个大问题：普通人的生活往往没有那么多目的性，也就是说大多数人每天比拼的其实就是“人缘好”。有趣看起来就不可或缺了。

可是有趣怎么能这么重要呢？尤其是当这个“有趣”被狭窄地定义为“让人觉得幽默”上。事实上它连“趣味”这层意思都涵盖不了。因为“趣味”这东西往往是不会让人笑的，而是让人点头。

自从认准了自己不是个“有趣”的人之后，我就一直想从方法论上为自己找到生存依据。我的思考大概可以总结为，我觉得识趣比有趣重要多了。

这里的“识趣”也要打上引号，它是指能看到一个人、一件事、一个东西里头的“趣味”来。它可不单是指能快速听明白一个笑话里的笑点那么简单，它是要能快速发现一件事的味道，能够准确捕捉那些容易被人忽略的妙处。一只老虎在闻一朵蔷薇，这件事初看起来太简单了，老虎可能连着闻了十几件东西，包括石头啊草丛啊山楂树和兔子的粪便，但为什么“猛虎细嗅蔷薇”就动人了？这就是识别了其中的趣味。

为什么要识趣？它让自己的生活而不是别人的生活更生动了。它能从这个乱七八糟的世界里发现许多不容易发现的细节，而且从这些细节上找到精彩的乐趣。识趣的人根本不需要有趣的人，因为任何人或任何事里头都能找到趣味。有时候这个趣味可以放大为一项事业，也可以传递给别人好的东西。

有趣是为了让别人快乐，按照一个教材一样的内容学习“有趣”本身说明了它的无趣之处。而识趣则是让自己都快乐。如果每个人都识趣，那么我们对有趣的需求就不会那么强烈了。

你选择了现在的生活，还是被迫过着现在的生活？

终于还是忍不住对“世界那么大，我想去看看”这句话说点什么。

一

究竟是自己选择了现在的生活，还是被迫过着现在的生活，这两种性质完全不同。

因为当过多年记者，我有机会看生活的多样性。我试着准确地向你描述这种感觉：几年前的一天，我从青海玉树飞到了上海。起飞前，我刚刚告别了一些喇嘛，他们在结古寺坍塌的大殿边上安静地望着天空，思考“劫”和轮回；然后在上海，我立即参加了一个浮华的聚会，人们享受着红酒、短裙和快速的相识。

不同生活方式的巨大跨度带来一种卓越的美感。因为是面对着自己选定的人生，他们都沉浸其中，感到满足。

存在与自己生活完全不同的可能性，这给人们带来期待。对那些困在一种生活中的人来说，可以选择其他生活，意味着获救的希望。

“世界这么大”流行之后，我看到许多反驳。其中一个是：世界那么大又如何，你也只能选择一种生活。这种观点指向了一个可悲的结论：那么大的世界其实只是种幻象，最终我们会局限在自己确定的生活里。

但它忽视了一个重要区别。从许多可能性中选择一种，和只有一种可能性，是完全不同的。

一个大的世界给我们带来的是选择的自由，是尝试不同的人生的机会。我们并不该被限定在确定的、无法更改的命运里。

正因为世界这么大，我们才可以选。呼喊“世界那么大”的人，只是不愿意生下来只有一条路可走。

二

只有当人拥有了选择的权利，他才能心甘情愿地承担选择的结果。思考“选择什么”的过程，是按照自己的情境进行理性和感性判断的过程。我们可以不按照他人的眼光选择爱人、朋友和自己的生活，并且在最大程度上使选择合乎内心。

我曾经推荐过保罗·格雷厄姆的《远大雄心》，他给出的关键建议是，如果你壮志在胸，就得反复试验去哪里生活。

“除非你已经确定了要做什么以及哪里是事业的中心，否则你年轻时最好多挪几次窝。不在一个城市生活，很难辨别出来它发出什么消息，甚至你都很难发现它是否在发消息。而且你得到的信息经常是错的。”

“世界那么大，我想去看看”，正是去反复试验多种可能性，并最终知道自己该怎么选。假如我们被剥夺选择的权利，没有看过世界的样子就被安插在某个确定的位置上，我们就失去了对自己命运的掌控。

三

当我们充分行使了自己选择的权利，看过全世界的样子并确定了最渴望的生活方式，我们就可以底气十足地维护它。当世界大到可以容纳许多不同的选择，我们就不会轻易地对一种生活方式说对错。

在互联网上，许多不同的生活方式被展露出来。有人在广大的世界里选择独居在荒山里，有人却愿意在灯红酒绿的都市虚掷时光。生活提供了足够多的可能，只要是自己选择的，他人不应该指责或反对。

我们只会对那些被迫选择的生活感到遗憾。我曾经在甘肃的沙漠边缘拜访过一对夫妇。他们是那个村庄最后一户人家，困惑，寂寞。晚上，他们会看着电视里的天气预报，想象一下遥远的广西。这种感觉让人心疼。相比之下，那些甘愿离开城市住进沙漠里的人（我真的认识一些住进丹巴吉林沙漠里的人），就不会让人觉得心疼，反倒让人感到欣慰。

区别就在于他们是否有机会走进一个更大的世界，在于他们是否拥有选择的权利。

如果你对生活有困惑，可以想一想，你是选择了现在的生活，还是被迫过着现在的生活？我提醒你无论如何要努力保护自己选择的权利，这是一个很大的世界留给我们的最珍贵的机会。

如果你壮志在胸，就得反复试验去哪里生活

望出窗户，看到灯光或者日光，直觉会告诉你：你是否喜欢这座你居住的城市？每个人总有些模糊的理由，留在一个地方，不离开这个地方。尝试着弄清楚这些理由，让自己从模糊地带走出来。列出它的空气、交通、财富、时装、气味、发展机会、人际关系，在一张纸上列出来，区分客观原因和主观原因。最后找到它的“气氛”。气氛是所有因素的混沌加成，是最终的关键因素。然后再一次告诉自己：你是否喜欢这座你居住的城市？

最终决定一座城市是否吸引我们的，是它是否满足我们对生活的雄心。野心高低决定着我们可以多大程度地忍受环境并追求自我的可能性。在这个层次上，一座城市可以被区分为安逸和有雄心，或在两个极端之间的某个点。我们对各种事物的态度都可以按照这种方式来

区分。一个社区是舒适还是高效？一位异性是迷人还是好助手？一种生活是安定还是痛苦前进？我们弄懂自己选择一座城市的理由，就能弄懂选择一种生活的理由，或者说，弄懂自己到底有多么远大的雄心。

这篇文章据说很大地影响了知乎创始人周源对社区的看法。对我来说，它提醒我及早确定自己有何雄心。一旦我确定我不满足于在安逸的那端度过一生，我就知道我会不会长期停留在当下生活，以及我对未来究竟该做何种打算。北京是一座充满雄心壮志的地方，我很早就知道无论居住得多糟糕我都不会离开，因此我从未参与任何关于它的抱怨。同样，我也很少对当下生活充满抱怨，因为我清晰地知道它不是尽头。

远大雄心 | 如果你壮志在胸、就得反复试验去哪里生活。

《市井雄心》 作者：Paul Graham 翻译：al_lea 世相 345 期

世界上最不势利的喜欢

一

十几天前，我和中国最狂热的人群擦了下肩膀。我这么说没有夸张的嫌疑，我指的这群人是鹿晗的粉丝们。

起因是刚刚出版的《GQ Style》选了鹿晗作为封面人物，并且准备做一次预售。我的同事们做好了网上预售链接，并且准备等着晚上8点推送。但时间未到，他们发现那个没有人会注意到的链接开始有人访问，开始往外销售了。

大概是因为鹿晗的粉丝们在所有你能想到的平台不断搜索他的名字，并关注他的一切新消息吧。只有这样能解释得通。也就是说，如果你在某个不起眼的 BBS 随便发一条消息，也可能被翻出来。

结果是，我的同事们匆匆忙忙地发布了预售链接，然后，过了会儿，不到一小时吧，7000 本杂志没有了。

也是我闲得慌，预售刚开始的时候，我在我个人微博上转发并开了句玩笑，大概是说这期杂志会升值，朋友们可以买几本，“手慢无”。

过了一会儿，我打开一看，那个很冷清的微博多出了几千条新消息。基本上都是一群名字里带着“鹿”的男孩和女孩在抱我的大腿，他们不知道怎么发现了我那条只有一两条评论的微博，有的哭有的嚷有的卖萌有的威胁，他们误以为我是《GQ Style》的副主编，要求我加印（说得好像我很厉害似的）。

真的，有的女孩连续几天给我发了十几条私信，都是说买不到好难过之类的。过了些日子，《GQ Style》又放出了 1 万本预售，然后过了差不多 10 分钟就卖光了。当然，这一次，我又被一堆消息包围了，许多是感谢，这群孩子真的以为我下令加印了杂志。我糊里糊涂地当了个好人。

二

但这给了我一个特别珍贵的机会了解鹿晗的粉丝们（并不是了解鹿晗）。据说他们是中国目前最活跃的粉丝群，比如他们在鹿晗一条微博下面的评论数创造了吉尼斯世界纪录……大概有几百万还是几千万的，总之比你这辈子和下辈子连同小学老师评语在内能得到的所有评论数都会多很多。

关于粉丝，我以前也和很多人一样，随口嘲笑几句，或者正儿八经地附和一下“为什么需要偶像”这种社会心理学观点。本心里，我是看不起“粉丝”的，既标榜自己从不是任何人的粉丝，也不理解那些自称粉丝的人。在还很自以为是的年代，我相信粉丝们没有独立的自我人格，需要依附一个偶像才能获得自我认同感。

而且粉丝们太狂热了，有的人简直是把命都搭进去地热爱一个人。我又觉得不理性的人总是可怕的。

三

直到有一天我终于改变了我对粉丝的看法。我在和一个朋友讨论

“喜欢一个人”这件事。当然是瞎讨论，有一搭没一搭。总体上她的观点是，喜欢一个人当然有条件了，喜欢是一种给面子，是一种恩宠，还得随时看表现，一旦她喜欢的人做了什么不体面的事，那么立刻粉转黑，批驳起来更不留情，因为“爱过”所以更受伤。

我一边听着一边想起了那些粉丝们。在上海一家酒店里，一群“五月天”的粉丝半夜坐在大堂等着酒店给他们协调几间便宜的房间挤一挤,因为“五月天”在那里,并且过几天有活动。我想起了很多类似的人，期待、急迫，为一点可能的回馈锲而不舍，却好像从来不要什么。

那一天我好像突然意识到了粉丝是什么。我发现，对于喜欢一个人这件事，大多数人都显得那么势利。

我是说，我们喜欢一个人，总是暗含着许多条件，并且像买菜一样计算着这些条件。我们把给出喜欢当成一种了不起的恩惠，而且很容易因为这种付出没有得到应有的回报而恼火。

粉丝的爱也许是天下最不势利的。粉丝对一个人的喜欢纯粹是因为“喜欢这个人”本身，经常是无条件的；而那些号称独立的人，反倒更多因为名声、地位、财富、他人评价等才高看一个人，纯粹的喜欢对他们来说是不屑一顾的。

那时候开始我觉得粉丝真好。就像那些在微博的私信里为了怕得不到一张鹿晗照片而软语哀求（其实没什么用）的男孩和女孩们一样。

我从来没有羞于承认过，无论是汪国真还是余秋雨

一

在说汪国真之前我想说的是乔布斯。大约在10岁前，他崇拜自己的养父——一个汽车维修工人，从他那里学到了很多技术。但有一天，乔布斯发现他在和养父讨论电路问题时，养父跟不上他的思路了。那一刻他发现自己已经超过了那个自己崇拜的男人。

在往后的日子里，他更是远远甩开了继父。但是，乔布斯并未忘记他的养父在小时候给他的那些启发和影响。

你知道我想说什么了吧？在你成长的过程中，有很多你曾经喜欢、崇拜，给你带来过很大的冲击和启发的人和事，或者曾经在一段时间

安慰过你的东西。随着你的成长你会超越他们。

但是你没必要唾骂他们，或者说，你没必要为此害羞。（有人说，如果我曾经爱过极权，又为此而羞愧呢？这个问题很尖锐，我想说的是：极权，或者像极权一样的事情除外；但汪国真不是极权。）

二

我家门前有一座山。很小的时候我以为那就是很高的山了，每次爬它都要很久，觉得完成了一件很了不起的事。现在我觉得它特别寒酸。

但我还是记得它给我小时候带来的那种挑战的感觉。

你呢？在走过很多地方之后，你真的已经羞于面对自己小时候住过的破旧窄小的房子了吗？

三

前几天读书日，有个话题是“我羞于承认读过那本书”。我想说，我初三那年读过《文化苦旅》，并且这本书深深地影响了我的写作风格。

虽然此后很多年里我花了很长时间克服掉了这种风格，但它仍然有留存。

我是在长大之后才知道余秋雨的争议。我也在很晚才知道那种风格并不是很好。

但我从来没有羞于承认过。我非常感谢那本书，它以意想不到的方式参与了现在的我的建设过程。

我做过很多蠢事，喜欢过很多不好的人。但我从来没有羞于承认过。因为我已经意识到，很多时候，你的成长不是通过学习一些东西实现的，而是通过克服一些东西实现的。

四

我在《我听庞麦郎〈我的滑板鞋〉时想到的一些事》中写道：对那些我们不了解、未曾经历、无法接受的生活所带给他人的基因，我欣赏的态度是不赞同，但体谅，如果不体谅，起码尊重。要知道，没有多少人不是被生活定义的，没有多少人有能力、机会、幸运最终对抗了自己的经历。

你可以不喜欢汪国真，甚至可以嘲笑他。但如果有一个人就是被汪国真影响了很多，你却一定要嘲笑他对汪国真的喜欢和悼念，就是很武断的。在一些完全是个人化的事务上，为什么我们总是不肯只做到表达自己，而非要做到干涉别人呢？

五

更不用说为此羞愧了。我不会做这样的事。

这么多年了，朋克们都在过着什么生活

X

大约是十年前。在五道口一家小小的咖啡馆里，我遇见了一个男孩，他自己说他是个朋克。其实至今我也不知道他是不是符合朋克的准确定义，因为他并没有染发打耳钉穿带骷髅的衣服，但他内心世界显然是愤怒和没有规则的。总之，我们突然就聊上了，他跟我说的那些话，他那种突然冲到一个漂亮姑娘面前和她打交道的状态，都让我觉得离我很远。那是一种羡慕的遥远，朋克世界是一个我不懂但觉得很酷、不敢接近的世界，是一个有理想、有勇气和有自我的世界。

前几天我读到了一篇文章。叶三写的，里面写了朋克界一些耳熟能详的风光了多年的人物。还是同样的感觉，我不懂，不敢接近，他们有理想，有勇气，有自我。

但是一种非常难受的感觉涌到我心里来。不恰当地打一个比方，我好像看到了“一群在原地奔跑得飞快的人”。我犹豫了很久要不要把这种感觉写出来，这不是抨击，也不是嘲讽，我甚至也没有资格感到心酸。朋克文化曾经给这个世界带来巨大的冲击，作为一种不妥帖的文化存在，它给循规蹈矩的世界提供了非常大的异端价值——也就是让在普通生活里的人感到某种不安分和不安全，从而拓展整体上的可能性。但如今，几乎20年过去了，这个世界在快速往前走，人们逐渐习惯了各种各样的异端文化，最近的群体是二次元，一群让人摸不着头脑又觉得很酷的年轻人。这篇文章突然提醒我朋克的世界继续存在，但人们却已经不再经常提到他们了。我觉得这么多年来他们几乎没有什么变化，坚持着，直到把先锋坚持成了旧物。

再打一个比方，就好像一列火车，开过了一个站台，许多乘客被站台上一块屏幕吸引，里面放着奇异的画面。然后火车飞驰而过，但那块屏幕还在那里播放着。很多年后，当某个乘客忽然又回到那个站台，在见过太多风景之后，他看到了那块屏幕，他可能也会像我一样说：“原来你们还是一点也没有变。”这句话里面含着说不清的滋味，我也不知道是尊敬还是遗憾。

跳绳游戏

1980年代出生的农村孩子喜欢玩一个多人跳绳的游戏，两个孩子拽住一根麻绳的两端持续甩动，其他几十个孩子轮流上场跳，避免被绊倒。通常而言，众人的目光都难免集中在跳绳的孩子身上，以至于最后这往往变成一种表演，孩子们发明了很多种夸张的方式来炫耀跳绳技巧，有人单腿跳，有人闭着眼跳，最夸张的是那种边跳边翻跟头的人。没有人把目光投向甩绳子的那两个家伙（一般通过抽签选出或者轮流担任），他们做的事情就是按照某个固定节奏做机械的运动。

但大约30年过去后，我仍然坚信这个游戏里最重要的人被忽略了。我一般喜欢做甩绳子的人，因为每当我有意地放慢节奏，我会感受到自己影响了所有人，其他人就不得不费力地调整步伐避免犯错，如果我嫌其他人太轻松了，就会提高绳子的甩动速度，让他们手忙脚乱，尖叫欢呼。甩绳的孩子掌握着规则，或者说，他们拥有这个游戏里最大的权力：设定节奏，其他欢乐的人们不知不觉地按着你的意志来。

决定基本规则的人往往闷声不响，这件事发生在许多场合。比如我发现，程序员划定了我们这个时代的基本规则，他们的偏好与品位时刻改造着我们，但他们却像甩绳子的孩童那样沉默。人们总是更关注风头人物，高明的言辞、戏剧化的表情和华丽的衣着很容易就吸引目光，我们为商人、明星和网上意见领袖（最近对他们的称呼是网红或者 KOL）着迷，视他们为时代偶像。但庞大而沉默的程序员在冷冷地旁观着，决定着我们的步伐。

拿起你的手机就明白了。安卓系统和苹果系统，以及这些系统上每个软件的运行规则、流畅程度和使用习惯，才是划定我们生活基本框架的东西。倒退十年，Windows 系统的硬盘划分、文件储存方式，定义了我们的工作习惯，甚至影响了我们思考事物的方式。自从这个世界深度依赖电脑、手机和互联网，那些代码写作者就握住了驱动我们的绳子。

但有技术的人总是孤独的。回过头看，几乎没有哪个时代或领域的跳绳是由那些光鲜、醒目的人掌控的。蒸汽机车的设计者比赛车英雄重要多了，演奏家们也得在乐器制造者的框架里行事。一个例子是我再熟悉不过的口琴领域，你会发现，最卓著的口琴演奏者也要被口琴工厂的设计风格影响，事实上他们熟知某种口琴品牌的独特之处，并且根据这些特性锻炼技巧。

更典型的例子也许是游戏领域。不久前，我读了一本名为《DOOM启示录》的书，它讲了最早的3D游戏产生的过程，那个过程很有隐喻性，当代码工程师完成了设计3D游戏必需的图画引擎技术后，游戏设计师们开始在这个基础上忙着制作出五花八门的游戏，玩家们则在游戏设定的规则内尽情表演。最后，大多数人会为一款游戏里的明星玩家而欢呼，很少有人意识到这一切的决定者是那个待在肮脏的办公室里一言不发、厌倦社交的古怪的代码天才。

这是多么动人的场景啊：世界像是一朵浪花，人们依次在别人指定的规则上表演，最终的巨浪震惊了岸边的观望者，但很少有人看到源头的关键的颤动。

《GQ》曾报道了华中科技大学的一群“技术男”。过去，“华科男”本来是大学中流传的一个带着调侃的称呼，他们的整体特征是木讷、害羞、压抑、不善社交、“没有女朋友”，但精通程序、技术以及装配电脑。这很容易让人想起计算机时代开始前美国 M.I.T. 的那些极客们，他们苦闷迷茫，没有方向感。但是时代突然给他们一个出口，过去并不重要的能力忽然成为这个时代最重要的东西，华科男生成为互联网创业潮中非常显著的一个群体，除了毕业较早的张小龙，新一代的互联网创业回报率在全国大学中排名第一。

时代终于把绳子塞给了他们。就像 50 年前的世界把绳子塞给了美国的电脑爱好者一样。他们的技术和他们的孤独形成了一种相互依存的关系。正是由于沉浸在一个普通人不了解的领域里，他们才既精通这个领域，又丧失了部分交往能力。反过来说，技术为不善社交的他们提供了一个良好的通道，让他们进入另一个虚拟世界，并最终迂回地参与现实生活。

而且，由于他们的孤独，“华科男”们似乎比别人更理解一些基本层面上的人性饥渴。他们对社交的匮乏让他们乐于钻研社交工具，比如说，一个名叫“小黄鸡”的聊天机器人，就是由一个不知道如何跟人说话的男生开发的。

华科男生只是这个时代许多沉默但重要的程序员们的缩影。直到如今，就算其中一些人已经功成名就，他们仍然是聚光灯不易照射到的人。这个世界仍然遵循着古老的传统：摇绳子的人默不作声，跳绳的人欢乐跳舞。当期杂志的封面人物是Angelababy，她才是引起疯狂追逐的人，人们不会记住她自拍用的美颜APP背后那些写代码的人。同样，我们还在同一期报道了绝对的当代红人——微博上几乎所有最赫赫有名的段子手们，他们拥有巨大的话语权和商业力量。微博这样的社交软件的出现和设定却归功于有技术的人。

但我并不是在替程序员抱不平，或者在鄙夷那些跳绳的孩子们。相反，我认为这个世界以意外的方式实现了平衡。像在跳绳游戏里那样，最终，沉默的孩子和欢乐的孩子一起构成了一个充满戏剧感的整体，我们需要选择的只是充当哪一个角色。

不随便让别人感动或伤心，也是一种道德

过去这一两年里，我几乎把“最动人的美不做暴烈的醉人的进攻”这句话当成自己的人生指南了。

没记错的话这句话是尼采说的。短短的句子里有几层丰富的意思，包括对动人和醉人的区隔，对暴烈进攻的轻度反对，对美的含混解释。

这和当下时代是完全相反的。你每天都能看到很多教程，无论是广告业、媒体业还是商业，无论是发刊词、销售文案、对投资人进行的宣讲还是众筹文案，那些教程都是在教你“暴烈而醉人的进攻”。也就是说，告诉你如何富有技巧地抓住别人的情绪，无论是沉醉的情绪还是恐惧的情绪，让他们兴奋、快乐、依赖，然后需要你。

你可以利用最热闹的事件激发的短暂冲动，你可以忽略一些事实让人们看到光明的前景。“制造梦想、销售梦想”，这是多么流行和被推崇的价值观啊。在他人需要你的基础上，你可以做成几乎所有事。

但要信奉与此相反的道理，意味着你要让别人随时明白，你提供的是淡淡的情绪，你希望别人保持对你的距离，甚至请别人警惕你可能会让他们陶醉的那些行为。除了作为一个“作者”，似乎你很难做成别的事。事实上最近连做这样的作者也越来越难了，太多人比你更吸引人，你还怎么混呢？畅销书排行榜上充满了荣耀和恐惧，你还怎么平静呢？

不希望自己醉人和暴烈，这是反时代的。而且事实上，暴烈而醉人的进攻是一种不易获得的技巧，而且它被需要。它可不是针对那些水平不高的人才有用，你会发现，通常越是那些成功的人越容易被此吸引。这说明醉人能力和成功的联系密不可分。

因为暴烈而醉人的进攻，是摆脱平庸的方式中相对简单的一种。说实话，虽然要醉人很难，但更难的是不暴烈不醉人的吸引力，是打“升级”时将底牌亮在桌面上之后还能赢牌。坦白说，仍然是后一种东西更能持久地吸引人，而不需要快速更迭（像每年要换几次的广告文

不随便让别人感动或伤心，也是一种道德。

世相 459 期

案一样）。但后一种东西很少看到，我都举不出几个大众文化里的例子。——如果只能在平庸和醉人、暴烈之间选一种，我还是建议你选后一种。

而看上去我想选一条特别难的路。这经常让我怀疑自己。几天前，专栏作家韩松落写了一段话，让我猛然一惊，甚至感激得不行。他写道：

渐渐明白邓丽君的歌好在哪里，她的歌没有怨气，即便唱的是“证明你一切都是在骗我”。她不给听歌人的情绪染色，不让忧郁的更忧郁，绝望的更绝望。给别人的情绪染色，是赢得喜爱的快捷方式，在情绪的深渊边推人一把，准保让人一辈子记得你。但她下不了手。到了一定年纪，终于觉得，这是一种道德。

这段话对我之所以如此重要，是因为我感觉自己终于意识到了这种“不暴烈不醉人”的动人方式。我相信自己在做一件高级的事，而且它是可能干成的。

而且它一旦干成，说不定会比那些技巧丰富的醉人者做的事更好。

活在平凡的世界里你是不是就认了？

一

越是在不快的生活里挣扎久了，人们就越能理解一个挺无奈的道理：仅仅是最坏的事情过去了就足以让人觉得幸福了。

电视剧《平凡的世界》剧终了。我想谈的话题其实是：平凡的你活在平凡的世界里，是不是就认了吧？

《平凡的世界》原著自 1980 年代开始据说鼓舞了很多人，但我一直在思考这个问题里头的矛盾之处。

无论是小说还是电视剧，所展示的生活是苦的，是不如意的，是挣扎的，而且也不像许多极为浪漫的小说给出快乐结局那样，它给出的结局是未知的，是略带着迷茫的。

如果总结成一句话，我会这样描述：平凡的人在平凡的世界里辛苦奋斗，只是为了追求继续平凡地活下去的权利。

如果说有理想主义，那也是强行从迷茫中找到一些没有事实支撑的信念。小说结尾，少平坐上火车离开了省城。“他在矿部前下了车，抬头望了望高耸的选煤楼、雄伟的矸石山和黑油油的煤堆，眼里忍不住涌满了泪水。温暖的季风吹过了绿黄相间的山野；蓝天上，是太阳永恒的微笑。”

但是你看看那些希望，那些希望指向的并不是多么了不起的未来。它指向的很可能只是一个平凡的未来，命运被家境、时代、灾难和自己的性格推来推去，终于有一天一切可以重新开始了。

《平凡的世界》是很残酷的。这句话具有双关意味。这本书的故事很残酷，有些梦想最终是能实现的，这大概是所有人都愿意看到的事。但实现梦想过程的辛苦、为了实现梦想而失去的东西，使它终于实现时变得面目全非，不是滋味。

更何况，这梦想本身只是微不足道的。在《平凡的世界》写完近30年后，一个基本事实还是没有变化：大多数人的努力并不是为了多么卓越和伟大，而是为了保住平凡的生活，让它不至于坠落到更低的地方。

这让人想起那篇传播很广的文章的标题："我奋斗了18年才和你坐在一起喝咖啡"。人生的确不是都掌握在自己手里，或者说，它给我们的掌握空间是很有限的。

我们是不是就认了吧？

二

关于"认了"，这个词既可以意味着屈服，也可以意味着清醒，甚至是镇静。

我一直相信真正恰当的选择是认清生活本身，仍然热爱它。根据最简单的统计学道理，世界上大多数人（很可能包括你和我）都无法成就伟业。清醒的人会意识到这一点，并且就此规划自己的生活。

也就是说，理性的态度是学会接受平凡的可能，并且让平凡的世界和平凡的生活也值得一过。

十年前，和一位从香港到内地来做慈善的女士聊天。她捐办了几家希望小学，然后忧心地对我说，在香港，人们很小就知道如果自己不是第一名的话该如何快乐地生活，但在内地，她发现大多数人都想做第一名。

十年后，我身边越来越多的焦虑是来自无法接受自己可能不会伟大的事实。他们过着平凡的世界里算很不错的生活，但因为壮志没有实现，这算是很不错的生活被看得毫无价值。

并不是说胸怀壮志有错。胸怀壮志可以使一个人尽可能地追求最好，问题在于它的保险机制：在我们尽可能地追求之后，假如没有做到最好呢？

怀抱美好理想的同时是不是拥有面对失败的能力。这是一个本质的区别。相比之下我更喜欢一句网络流行语里透露出来的意味：梦想还是要有，万一实现了呢？

是的，万一实现了就太好了。关键是万一没实现时要做好的准备。找到分寸感很不容易，但这是每个人都有必要去寻找的：不放弃对更好生活的追求，又不被梦想把自己吞噬。

别为还没有实现的事情而否定自己已经拥有的东西。最后奉上我最喜欢的一段话，它乍看之下有些好笑，来自《新华字典》1998 修订本的 673 页。

张华考上了北京大学；李萍进了中等技术学校；我在百货公司当售货员：我们都有光明的前途。

我一次又一次地被这段话打动。现在看这段话，会发现它带着朴素的镇静的光芒，是对各种人生可能性的欣喜的接受。归根结底，这毕竟是一个主要由平凡的人构成的平凡的世界。

好故事来自坏生活

诺贝尔文学奖得主艾丽斯·门罗有两个让人印象深刻的人生属性。一是她始终处在被追逃的惶恐中，被婚姻、家庭、子女和内心的恐惧感穷追不舍，正如我说过的，“未被逼迫者，从不珍惜惊慌”，她显然领会过内心那种渴望而难获得的梦想。二是她对平淡生活中的戏剧感充满剧烈的感知，以至于你会觉得，她给所有她居住的地方带来了非凡的故事，尽管她只是将故事本身的离奇本质从平庸外表下解放出来而已。

但这两种属性事实上来自同一个本质。获得人性洞察力的方法是曾经历曲折坎坷，如果自己并没有获得离奇的生活，那么就需要能够在思想中为自己平淡的生活赋予波澜，如普鲁斯特那样，只不过是母亲没有道晚安，他就会在心理上被遗弃一次。也就是说，好作家要有外在或内在的戏剧生活。艾丽斯·门罗的生活算不上多么戏剧化，但她的敏感内心显然既让她能从平常小事中看到扭曲的联系，又能从琐碎的主妇生活中找到强烈的悲喜之情。

让你成为好记者的是你超出记者的那一部分；让你成为好作家的，是你超出作家的那部分。这个句式可以无限延伸。马尔克斯的记者生涯对他带来什么好处？他曾说过，短暂的记者训练卓有收益，长久的记者生涯恐怕会损害成为作家的可能。这句话过于悲观，但它的道理在于，只有获得那些对新闻作品来说并不必需的技能，才能超越常规新闻作品天生的局限。已写出《百年孤独》的马尔克斯对记者职业的一次客串让这个道理格外明显。

最动人之处在叙事之外，在那些将人物刻画得精妙的故事的延伸处，它指向比人物性格、人物故事更悠长的情怀，也正是我们通俗理解的“记者”和“报道”所不包含的那些东西。他看到的不是躺在床上接待客人的老人，而是教皇；他看到的不是饭菜，而是吃的美学。“他无时无刻不在琢磨饭菜，不只是思考饭菜本身，而且思考吃的美学。”这句话同时道出马尔克斯和聂鲁达两人的成功之道，聂鲁达对生活进行超越式的思考，而马尔克斯发现了这种超越。

阳光照进枯井里，就知道了黑暗的温柔。

《四大名捕》 温瑞安 世相 371 期

这样说绝非否认好故事的重要性，应该这样说，好故事本身也具有指向故事之外的意味，不论是作者点破也好，或不点破也好。海子说，“生成无须洞察，大地自己呈现”，超越性在好故事中也可以自我呈现。无论如何，好的报道和好的文学经常来自这种超越：生于世界，观察世界，但在生活的基石上进行遥远空阔的思考和旅程。

阳光照进枯井里，就知道了黑暗的温柔

越来越不愿意陈述一些基本的信念，比如努力者必定成功、有情人终成眷属、或者恶有恶报。前几天我也隐晦地表达过另一个意思：梦想未必成真，糟糕的生活不会因为怀抱美好的愿望就变好。

为什么会这么想呢？是我非得向善良脆弱的人们一遍遍强调世界的冷意吗，或者说，我是个冷言冷语、与美好有仇的愤世嫉俗者吗？我像大多数人一样都希望“美意”成真。温瑞安在《四大名捕》里说：“阳光照进枯井里，就知道了黑暗的温柔。”这也是我的想法。

但对期待这件事，怀有更多戒心是对的。期待有两点不好：一是它可能让人忘记疼痛，不再进行实现期待所需要的艰难努力。一是期待经常不切实际，缺少逻辑支撑，因而格外不可靠，反倒招来更大失望。

比如，每天看到人们在讨论暖男这样的话题，我发现，人们已经逐渐意识到不该寄自己幸福的希望于“暖男”，但这个概念的破产，就威胁着我们对于“暖”这种美好事物的态度。

暖是无错的，错的是把自己暖的希望全寄托在别人身上，却不认为别人的暖，甚至自己的暖与自己有关。呼唤暖男或者暖女，是一种放弃自我责任的随遇而安。而一旦意识到这种“暖”的虚假性，就完全丧失对它的期待，就又更加脆弱。

我们还是应该让自己尽量暖一些。真正的暖意是自己给自己的，是自己让自己的世界（顺带也让他人的世界）变得暖和一点儿。这不是求助外人，而是自我实现。

死在沙滩上之后，要不要爬起来再做一次前浪？

一

做第一批人，还是第二批人，这似乎是个大是大非问题。比如，你是第一个在朋友圈谈论《五十度灰》，还是第 101 个？

保罗·格雷厄姆著的《黑客与画家》里有这样一段话：

流行的思想观点与流行的服饰产生方式不尽相同，但是，它们的传播途径却很相似。

第一批的接受者总是带有很强的抱负心，他们有自觉的精英意识，想把自己与普通人区分开来。

当流行趋势确立以后，第二批接受者就加入进来了，人数比上一批庞大得多，恐惧心在背后驱使着他们。他们接受流行，不是因为想要与众不同，而是因为害怕与众不同。

带动流行的两种力量之中，恐惧心比抱负心有力得多。这就是流行的本质，衣着也好，思想也好，它使得人们没有自信。在新事物面前，人们会感到自己错了：这是我早就应该知道的事情啊。

第一批人总是敏感的，虽然这种敏感未必一定带来价值，但一旦他们走在了一个大浪的前头，他们就会获得成就感和影响力，甚至金钱。

而且我相信，抛开个别运气极佳者，那些更宽容、更容易接受新事物的人，往往也总是引导大的潮流的人。我没有做过数据统计，但这一定不差。

这些人有个共同特征。在看到一件新的事物（小到一篇文章的观点，大到一个社会趋势）时，无论它是否完善，是否出乎意料，甚至是否完全违背自己现有的价值和品位，发生在他们思维活动里的第一件事不是去寻找它的缺陷并否定它，而是会想，它这样不同，对不对？

这个思维习惯，很多人都能理解，但并没有多少人能做到。相反，大多数人做的第一件事是维护自己已有的观念或生活方式，生怕那些不同的新事物比自己正确和先进。

二

关键是，假如我们并不是第一批人，也就是说，先锋已经指出了方向，流行已经造成，起初看上去颠覆的事物（同样包括文章或社会趋势）现在已经合理，并且成为新的主流了。我们要不要做第二批人？

要不要做那种因为恐惧而追赶的人，这才是更多人要面对的问题。因为看上去我们总是在追赶，并且像格雷厄姆所说的，一边追赶，一边暗暗后悔："这是我早就应该知道的事情啊。"常常有人谎称自己其实提前预知了某个潮流只是没有说出来，就是为了掩盖这种恐惧。

做第二批人是安全的，可以避免被时代抛下太远，并且不使自己"与众不同"。也的确有人虽然落后一步，但同样赶上了大潮的巅峰或者尾声而获得利益（现在的移动互联网创业者大概就是这种人）。

但做第二批人同样有危险，因为看上去这只是在重复一个悲剧：

拥抱新的固定观念或生活方式，直到它过时并且再次被先锋抛下。

回过头去看，当初的先锋，一部分人融入了大众，成为第二批人中的一分子，另一些人则已经忙着去站在新潮流的前面了。他们的思维过程看到流行事物与他们看到新事物时，本质上是相似的：不是忙着去肯定并拼命发现它的优点来说服自己，而是想，它这样雷同，好不好？

因此，如果你不幸已经成为第二批人，恐怕要问自己，是要在这种可悲的轮回中永远当第二批人，还是大步迈过当下的流行，变成新潮流中的第一批人。

或者说，要不要让自己成为那种别人讲完笑话、众人全部笑完之后，忽然匆匆忙忙一起大笑的家伙；要不要成为死在沙滩上的前浪，然后站起来再当一次前浪。

三

最后，还有第三种人。这种人说起来相对简单，他们并没有成为第一批引领者，也没有成为第二批追赶者，新潮流来的时候，他们站在原地不动；新潮流退的时候，他们还是站在原地不动。十年之后，潮流起起落落了无数次，他们仍然站在原地。相比之下，他们缺少第一批人的先锋感，也会短暂地被视作过时的老土，但这种“站在岸上不入流”的感觉，坚持到最后，就获得了独特的魅力。

就像我们看待那些坚持用笔写信的人一样。有些时候，他们最终把自己熬成了独特的潮流。

许多人读到这里肯定会这样想：我希望做第一批人，否则我宁可做第三批人，但事实上我却是第二批人。

想想真有意思。

Chapter 2

保持
不被潮水吞没的基础

那些暴露了你的内心

所有有控制的人生，都把生活内容统一于某种节奏下，这种节奏便笼罩一切：做菜、旅行、听音乐、喝酒、睡眠、做爱，以及写小说。如果你讲究把菜切成什么形状，如何食用凉菜，如何挑选单曲，就会讲究喝酒和睡眠的时间，以及词语和故事的使用。因而，了解那些对控制自我有强烈追求的人，最好的办法是观察他的饮食和步行过程，查看他的唱片收藏。那里面藏着关于他对人生的意识和对作品的追求的所有秘密。

控制饮食、控制身体和控制自己的意识能达成某种奇妙的统一。当然，失控的饮食、失控的身体和失控的意识也能达成某种奇妙的统一。所有事物内部都由一种仔细聆听便能察觉的张力，破碎时的声响细而可察，紧张而破裂的边缘上也有某种独特的触觉。当你选择了自己吞咽的速度和节奏，你事实上选择了所有速度和节奏。

同样，一个人的精神世界也映射在他所读的书、所听的歌以及他的衣物风格之上。有时候，这种映射是如此完整而精妙——假如你有幸查阅一个人的书架，你可以确定他是否有深藏的秘密，是否有精彩的往日和深不可知的未来。音乐也是如此，换了新的 iPhone 之后，我迫不及待地在其中添加了鲍勃·迪伦的《I Want You》，这说明我目前的人生状态，尽管它需要经过一次解码。但它留下线索。

一个人的完整生活四溅在每一个碎片上，如同被枪杀者的血液，为他人的追寻成为可能。人物报道的作者们一直在善用这个技巧。通常而言，他们发现的碎片散布在不同领域，因而只能凑成残缺的拼图。也有运气和实力较强的作者获得授权进入主人的隐秘地带，喝到主人每天起床后独饮的咖啡。这时候，倾听独白也许不如翻查书架和背包，参观衣柜和 CD 架。可惜很少人会这么做，大多数时候人们宁肯听一些独家而虚假的废话，却对那些沉默而诚实的证人证物视而不见。

藏好你的豆瓣账户和 iPod。

你们各过桥，我缄口不语

能看到本质往往意味着要放弃表象，这并不像听起来那么无谓，因为整个世界的运行是建立在表象之上的，对你的邻居、亲友、工作伙伴来说，构成马匹的是它的颜色、体形和步速，而不是它的眼神中是否流露热望——尽管后者更本质，更重要，但大多数人并不在乎。若一个人生来就具备从本质上理解世界的能力，他通常不得不和大半个世界甚至整个世界隔绝。因为他放弃了和那些正常、肤浅而幸福的人一同谈论表象世界的可能性。他不得不孤独地拥有一座金矿，却没有办法花出一个铜板，当然，如果他运气好，成为一名文艺工作者，那么他的一些洞见偶尔会通过作品泄露出来，被人们看到，震惊他们，获得名声。这一切结束后，他仍然被隔绝在大众之外，他的作品只为他和大众之间提供一个蚂蚁洞大小的通道，人们接受在虚构之物中容纳异类，却并不容他跻身其中，成为大众的一员。

塞林格的隐居大抵可以这样理解。事实上，伟大的作家不应该试图打破他和人群之间的界限，这不必要，也危险，危险之一是让那些与他建立亲密的关系的人痛苦迷惘；危险之二是他自己变得痛苦迷惘。塞林格躲了大半辈子，他的孤僻变本加厉，尽管他在他的作品里与读者进行了有效耐心的交流，但一旦回归现实世界，作品中安静单向的交流环境不复存在，他只好狼狈不堪地逃离，并且虎视眈眈地看着那些胆敢来敲他家门的访客，说不定还声称要起诉那些准备写一两笔的记者。他明白界限在哪儿，躲在线内构建自己的世界，带着一个其实并不那么重要的家庭，也只不过是为了让线那头的世界对他保留一些耐心，不至于认为他是个彻头彻尾的异类。

许多人都熟悉肮脏的、郁郁寡欢的独居生活，狼藉的居室、无眠的夜晚和难以起身的清晨都让人觉得既厌恶又着迷。那是一种很难戒除的不健康。回想起来，除了灰尘、垃圾、沮丧掺杂着的依赖、惴惴不安与短暂的逃避的庆幸是人们所说的“宅男（也许还有少量宅女）”生活里最挥之不去的感受。那是一种掺杂着对未来毫无指望、对现在毫无索取，但同时又渴望在狭窄的现实中一晌贪欢的矛盾的心情，“宅居”是一种贫穷的挥霍，是一种痛苦的享乐。

我拙于表达自己与整个世界的距离感，只觉得远近都不对劲，贴近的时候想远离，远离的时候又思念。后来我知道村上春树也拙于表达同样的感受，但他靠引用解决了这个问题。他从一个狼狈的自杀者的话里借来丈量的尺子，这样说起来，我心里平衡了很多——只有被这种失当的距离感逼迫至死的人才说得出它是怎么回事，我付不出这样的高价，那说不出来也不是太丢人的事。

有时候，这种控制距离的精确性会被社会强行破坏，并影响到人的生活。窦唯也许就是这样的。生活极为无辜，它是人们嘴舌的牺牲品。活着没有一定之规，旁观者却屡屡提出自己的要求。人类为社会制定的评判标准是需要被限制的，社会标准只有当人进入公共生活的时候才可参考。对那些原本可以安守在自己为自己准备的日子里的人来说，无理得令人尴尬的外在要求成为无法摆脱的杀伤，旁观者无法看到某种他人生活的内在自足逻辑，无法知道导致某种状态的那些偶然的、私密的和不可共享的原因，但他们浑然不顾，反倒用自己可以理解的但与他人无关的逻辑替代，并判断好坏美丑。他们将一些人自己觉得满意的生活视作糟糕，又将一些人自己觉得糟糕的生活视作满意。他们的判断是进击的，通过言语的传播力量波及生活者本身。这样的事情，是人类社会无法杜绝的最糟糕的事之一。

除了活着，我不知如何是好。

世相 121 期

我们都是敏感的时代病人，强求生活不具有的美好

一

我身边出现了越来越多敏感的人：对外界的反应极为不安，容易为小事获得巨大压力，无所适从。我意识到敏感成为一个话题是因为读到了蒋方舟的文章。在《抗敏感，不惶恐》这篇文章里，她说："我们对他人的意见过于敏感，无法忍受不被'点赞'的人生。"

通常我们都不愿意表现出自己是个敏感的人，"豁达"作为"敏感"的反义词，被视作一种自信、坚强的标志。但你是不是正在更加敏感了？比如说，你会因为某个你在意的人很久没有在朋友圈给你点赞而耿耿于怀吗？

二

敏感指向内心对外部世界变化的反应灵敏度。因而敏感分为两种：一种是因为内心极为柔软，任何小的波动都会在心里造成扰乱；一种则是内心虽然并不脆弱，但外在的波动频繁而剧烈，那么心理应激反应就随之增强，并且对外部信号的感知变得格外敏锐。

我们长久以来习惯了认识第一种敏感。内心柔软并非人类的共同属性，而那些内心极为柔软的人非常容易识别，在最舒适的环境下，他们也是神经质的，随时被他人裹挟和干涉。拥有柔软内心的人往往有更高的感知力和随之而来的创作力，却牺牲了自己的正常生活能力。梵高、普鲁斯特这类人的生活都印证了这一点。

某种程度上，这种天生的不安全感被视作一种优秀的标志。哲学家玛莎·努斯鲍姆说：一个完美人格的根本，就是必须接受基本的不安全感的存在，接受不确定性。

要成为一个优秀的人，就要用一颗开放的心去看待世界，要敢于去相信那些在你所控制之外的不确定的事物。也许这会让你在极端环境中感到崩溃，这不能怪你。说明在伦理生活中有一种对人的境况很重要的东西：它是建立在相信不确定性和甘愿坦露心迹的基础上的，更像是建立在一株植物而不是一颗宝石之上，是某种相对比较脆弱的东西，但它的那种独特的美与这脆弱不可分割。

这句话是送给那些天生敏感的人的一句抚慰。

三

但恐怕它并不适用于所有人。需要强调的是，我们——几乎所有人——正在因为第二种原因变得越来越敏感了。这种敏感不来自我们的“优秀”，而来自时代经由技术、商业的发展给我们带来的越来越强大的外部干扰。即使是那些内心相对强大的人也开始陷入种类繁多的敏感不安中。“对外部世界的评价杯弓蛇影；变得迷茫：陷入对他人展现出来的生活的羡慕忌妒；变得脆弱：经受不住孤独与痛苦的考验；变得焦虑：认不清到底何谓更好的未来。”

就像作家 Chris Walsh 说的那样，我们现在处在一个“破碎的竞争系统”中，人们不堪重负，坐立难安。很多时候，好像我们自己和别人都不认为我们有价值。

四

内心的宁静正在成为最大的奢侈品。一方面，努力拼搏获得更好的人生是理所当然的正确行为；另一方面，我们很多时候匆忙地往前跑，甚至来不及抬头看路，就是因为身后的逼迫太多。这样子不好。

坦白讲，我也处于类似的焦虑中。所以我开始想，怎样在这个容易敏感的时代让自己不那么敏感，不那么焦虑，不那么脆弱。既然敏感是内心对外部世界的反应，而外部世界的改变需要漫长时间，那么内心的重建是逻辑上的唯一方式。

坚强内心的建设，通常只能靠经历的磨炼。很多“大器晚成”的人往往格外强大，而年少就成名的人则通常无法克服脆弱。前几天，我在重读自己编写过的几篇稿件。其中一篇是《与吴秀波一起唱卡拉OK》，吴秀波在42岁成名之前，经历过多年的边缘、失落、学会笑脸相迎的生活。他得过绝症，丢过铁饭碗，酒吧驻唱，下海经商，开过七家餐厅，做过酒吧、美容院、服装店……当他终于成为名人之际，我的撰稿人在一次卡拉OK聚会上观察了他：平静、客气，不因为赞美或指点而失措。与他相反的人是周星驰和郭敬明。他们都在经历了短暂的青春期失落后就获得了巨大的名声，生活没来得及帮他们把内心磨得更硬就让他们解脱，他们始终没有逃离自身的极度敏感。

这种经岁月馈赠的坚强并不是人人随时都可以获得。更何况，这时候应该记起玛莎·努斯鲍姆的提醒：通过使我们灵魂的柔软处变得麻木以反抗这种伤害，是最大的悲剧。因为：

人之为人，就意味着要接受别人的承诺，并相信别人会对你好。当这种状态让人难以忍受时，很可能会产生这样一种想法："我只想为自己而活，自我安慰，自我惩戒，自我发泄，我再也不想成为社会中的一员了。"这个也就意味着，"我不再为人了。"

今天，当社会让人们感到失落的时候，可以看到很多人会这样做。他们不再祈求任何东西，无法把希望寄托在除自己之外的事物上。实际上，他们是逃进了一种只考虑自我满足感的生活里面，是与社会相悖的自我惩戒。但是，这种不再信任他人、不再与政治团体有联系的生活，也不再是人类的生活。

因而，主动地探究敏感的来源，熟知我们内心波动的动机，看起来是更好的方式。在莫耶斯对玛莎·努斯鲍姆的访谈中，努斯鲍姆说的话听起来提供了很好的启发。

悲剧只会发生在你想试图追求理想化的生活的时候，因为对一个漫不经心的人来说，他不会对别人做出深重的承诺。

尽量不要让冲突扩大化，也不要让斗争和痛苦浪漫化。接受悲剧会发生在你身上的这种可能性。如果不是根据世界原本的样子做出调整，相反，却试图从世界那里强行获得他们所渴望的那种美好生活，这就导致人们不时地陷入悲剧之中。

这句话通俗地来讲非常简单,适时（而不是总是）承认自我的无力，在无法实现时，考虑放弃一些自我坚守的目标、自我定位和对他人吹过的牛，根据现实调整自己，而不是强迫自己必须面对一个完全不受条件支持的目标、追求不可能的美好生活。

短痛不如长痛

一

要谈“短痛不如长痛”的话题，首先要耐心地从游戏说起。

现在还在说“人生像一场游戏”显得太老套了吗？不是的。看看“俄罗斯方块”的发展历史吧。

它生于 1984 年，出生地是苏联的一个计算机实验室。它的玩法反映了苏联的冷酷现实：玩家面对的敌人不是怪模怪样的恶棍，而是一种无法形容、无法理喻、汹涌连绵、压倒一切的可怕力量；玩家所能做出的唯一抵抗，是无限重复、毫无意义的排列组合。它是官僚主义的精粹，是毫无目的的徒劳，是无法逃避的牢笼。它的精妙之处在于湮灭了自由意志——它的徒劳无功显而易见，但人们却情不自禁地一次又一次旋转、排列、累积和消除方块。

游戏对生活进行了严丝合缝的隐喻。我们如今同样在一种冷酷现实之中徒劳无功地消除危机，迎接新危机。

二

但游戏不只是对生活的隐喻。我们在游戏中的选择和表现，实实在在地运用着我们的生活逻辑。比如,下面是对“小游戏为何让人上瘾”这个问题的回答。这个问题当然会让很多人感同身受，因为每个人都或多或少是小游戏的上瘾者。

未来学家简·麦格尼尔试图解释无脑游戏的无穷吸引力的来源。她认为，即时反馈是让玩家成瘾的关键。俄罗斯方块设计之妙就在于让这种成就感源源不断地汇聚成快感之流。无脑游戏的另一个设计秘密是永远不要让玩家抵达成功的终点。失败是玩家必然的宿命，然而，正是在与宿命的对抗中，人类“幸存”下来的欲望被激发，求生的原始直觉让玩家忘乎所以地把时间投入无穷无尽的游戏中。

这种心态无疑也在现实生活中流行。无望的前景总带来及时行乐的人群，用当下的即时、肤浅的快乐反复麻醉自己，哪怕这个过程中充斥着不时发生的不快、负罪感和沮丧，但只要不用面对巨大的痛苦一击就好。也就是说，在生活里，我们的第一选择是延续长痛，而逃避短痛。

三

除此之外更重要的是，每当人们面临“短痛还是长痛”的抉择时，人们通过“暂时将长痛搪塞过去”这个举动，能够获得即时的反馈。最常见的例子是，当你命令自己立即告诉你的爱人你不再爱他，那种巨大的压力总让人极为不安。但当你决定“过两天再说吧”，这种压力的陡然消失（其实是推后）会让你得到很大的宽慰和解脱。这也正像俄罗斯方块游戏一样提供即时的激励。

这就是在爱情关系遇到危机时，大多数人为何宁可不断制造、延续短暂的幻象让相处继续，而不是坦率地决裂。决裂带来的短暂而巨大的刺激，也就是短痛，让人畏惧，人们因而选择尽可能地避免这种短痛发生，宁可将痛苦分拆成缓慢而持久的碎块痛苦，并想法子让这种痛苦显得不那么可怕。尽管相比之下这些细碎的长痛加起来比短痛麻烦一万倍，人们也还是非理性地选择长痛。

四

社会政治也是如此。反抗带来的痛苦太强大，人们对持久的不公反倒更有忍耐力，而且，我们有很好的办法使这痛苦尽量淡薄。余世存在《不出国门的声明》中说，人们真诚地参与每一次游戏，临了发现是春梦一场，但“这不妨碍他们投入其中并有收获，他们有怒有悦，他们除了悲惨、无力外，仍有小小的不可替代的至上的欢乐。他们仍会歌唱、聚会宴饮，一切不过是场游戏”。

这段话可以用来讲政治，也可以用来讲生活。

失 眠 者

一

我几乎从不失眠，因此我对睡眠习以为常——没失去过的总是显得没那么重要啦。但睡眠正在威胁我所认识的大多数人。他们瞪着眼睛，好像进入了一片白茫茫的空地里，或者紧闭着眼睛，但那只不过是把白茫茫的空地换成了黑漆漆的空地。

那种感觉（据我揣测），大概就像是站在铁轨上被一列火车来回反复冲撞，但那火车却每次都穿过你的身体，它撞不到你，又不停歇地压迫着你，这时候你大概会想，“要么撞死我，要么滚开！”但它整夜就那么来回开动，唯一的办法是离开床，点根烟或者打开一本书，但一旦进入了躲避失眠的状态，火车的阴影就不会消失，因为你知道你总会回到床上，睁着眼睛或者闭上眼睛，然后铁轨在你前后延伸，火车轰鸣着来回开动。因此，你整晚上都会在“等会还要遇见那该死的火车”的恐惧中。

失眠一定是糟透了。而且我发现失眠的感受也许万古相同。那是一种不但什么都抓不住，甚至连想失去点什么都无能为力的感觉。菲茨杰拉德的感觉是，就像“站在生命的门槛上，无法通过，也无法回去。现在，时钟敲响四点，我已是个鬼魂”。

一部分人偶尔才体验的状态，比如疼痛、心碎、迷惘，是另一些人每时每刻都在遭遇的。偶尔的疼痛只不过像一次误入山洞，就让人觉得难以抵挡；但有人却不间断地多年疼痛着。这想起来让人心惊肉跳。有些人生命里的黑暗我们无法时时看到，但一旦看到，却总能找到记忆里的熟悉感。理解和同情，就产生在我们对一个更大黑暗的偶尔体验之上。

二

说到失眠，就想起一些说晚安的人。

跟你说晚安的人是在分享实在没法克制的珍惜。午夜到来的时候，一整天的焦虑和疲惫达到顶峰。他（或她）终于沉浸在最专注的思考与想念里，伪装和克制逐渐瓦解，一两行字、几个词语，他谨慎地表达欲望、狂热或痛苦。最后用晚安来把奔腾的情绪急速收住，像用水把火浇灭了。

珍惜那些认真跟你说晚安的人。他的温柔是在最强大的黑暗压迫下的温柔，他的痛苦是挣扎到最后仍然无法摆脱的痛苦。而你可能是他努力逃避、忍耐之后仍然无法放弃的告白对象。也别爱上跟你说晚安的人，因为你面对的是深夜的人，而深夜的人本质上是孤独的，你误以为他那么深地爱你。

那些跟你说过晚安的人，现在过得怎么样了？

英雄痛苦地回到了日常生活，年轻对手早已站在那里。

世相 465 期

找到你生活里的龙，或者变成一声春雷

做自己所生活时代的解剖者需要的不是知识，而是理解力，需要的不是见闻，而是对见闻的概述。我们日常所见所知的碎块之间存在隐形的相连的丝线，多数人倘若隐约知道它的存在就算是洞见了，更不用说准确地发现它、描绘它，用它们弹琴。

对生活的深刻理解需要一条线索。最好的线索有如远处的火山或沙漠里夜晚的风声，若隐若现，自始至终是一个背景，一种隐忧，一种让人难以忘怀却抓不住的提醒，但从不真正出现。生活是多线索的，但是否有一条重要而久久徘徊不去的线索，决定着生活的完整性和价值，也决定着它的丰厚性。一种思念，一种罪恶感，一段记忆，一个无法放弃的英雄情结。

有时候你站在那儿，不知怎么吹来一阵风，某种感觉出现在你心中，像一个春雷一样，含混不明，又很快消失了。这么大的世界，这么多人，能察觉到这个春雷曾经响过的本就是少数；能把它写出来，让人读懂，并意识到自己也曾经有过这种感觉的更少。春雷不是夏天的雷声，它不响亮，不情不愿，没有高峰，但连绵细腻，正因此它有余劲儿，并意味着更强烈的危机感，充满可能的意外。如果非要选择，我宁可我自己是一个春雷。

也有些生活的线索，既不能完全没有踪影，又不能切实地凸显，它应该是苍白皮肤下的蓝色脉管，而不是突起的青筋。正如一条龙那样，既从未出现，也从未消失。它是一种永远难以成真却无法割舍的奇迹，在大地上投下永恒的影子。心中还装着一条龙的人不会那么容易失去幻想，不会轻易放弃对精神世界的追求，不会认为宇宙开始后第10的-33次方秒时发生的事情与自己毫无关系。每个人的生活都应该如一篇合格的文章那样有一个传奇，有一个缥缈难捉的故事，一个总在耳边提醒自己的声音，一个如楚门那样想踏足的海岛。它们都是一条龙。

一个没有龙的世界是多么无趣，而一条龙居然真的存在的世界又是多么因幻灭而悲伤。

杰作与人生，都靠余味

电影和写作都是手工业在现代社会的宝贵残余，当然，音乐和绘画也是。海明威在接受访谈时说过，要从音乐里感悟写作的技巧，这些东西有共通之处，它们本质上都依赖节奏、紧张感和言外之意，都依靠写作者强大的精神控制力，因此它们都不可量产，否则将死亡。

黑泽明的电影显然是手工业中的精品。它也刺激，也动人，但这种刺激动人需要艰难的审美之后才能获悉，大多数人被这个艰难过程吓跑了。事实上，他谈论电影之时，正像是一个作家谈论写作，他关于烧陶瓷的比喻，会让骄傲的作家也心服口服。事实上你会发现，剖开皮肤，写作、电影，里面的血肉是相似的，无外乎碎片如何拼接，快慢如何搭配，华丽和深刻如何交织。他在伤感场景里加上轻松音乐，这就如同作家在悲痛的时刻加上不合时宜的玩笑一样高明。

一个法国作家叫让·科克托，尽管我很厌恶引用，但这里还是要引用它的一句话，“手工业消亡于对速度的崇拜，手工业代表耐心和手的灵巧，如今，人们过于匆忙，跳行阅读，寻找故事的结局，这导致阅读废除，因为阅读也是一种手工业”。说起来，任何需要耐心读、看、听的东西，从创作到欣赏，都是要缓慢进行的。

另一个日本导演小津安二郎短短一句话说得更透彻——“我相信电影和人生意义，都是靠余味定输赢的。”

尽管痛苦的回忆远多过快乐的回忆

有一种荒唐但充满魅力的故事说，有些人的眼睛能看到灵魂，他们在日光下看到的不是嘈杂都市，而是晃荡的死者、精灵、神兽，他们的眼睛在外人看来总是蒙着一层雾，他们的目光落在另一个世界上。在我看来，这个都市传说是一种象征，它准确地刻画了某些拥有穿透目光和敏感嗅觉的人。

有些人擅长从事物中看到飘扬的精神，它们能毫不费力地从变幻的零碎生活上看到时代这种大而虚无的东西，夜晚街上的酒精和香水混在他们鼻子里是种精神的震动：无法抗拒的沉溺、暧昧的暴力、堕落的欲望和难言的不安在颤动。它们看得到风景之下的魂魄，它们是凭借气氛而不是事物来安排记忆的。如果说我们都只看到摇晃的树木，他们看到的是风本身。

他们看到动人的秘密。那些混乱难言的城市或者夜晚里往往藏着幽微的挣扎,而在大多数人的眼睛里这些挣扎被简单化了。危险、距离、野性、愤怒、狂欢与堕落，我们太过于具体地理解这些字眼，因而也失去了对它们的审美。而那些莫名袭来的心神摇动，忽然涌起并笼罩全身的紧张感，我们说不出口的超越具体事物的经验，才是生活的不宣之秘。

欲望的分寸

有时候，我们的难题是无法控制欲望，也有时候，难题却是无法提起欲望。这是个欲望过度至病态和欲望消退并行的时代，人们既因为欲望过剩而沉溺，又因为欲望贫乏而缺少奋斗的动力，呈现出交错的荒诞感。

人们总是在无所不用其极地强调欲望，正是因为欲望越来越难以被提起。反过来说也成立，人们的欲望越来越难被提起，却是因为欲望的烈度太高，神经被随处可以听到的轰响的音乐、露骨的情色和急促难耐的消费多次刺激，不再容易兴奋。性冷淡和性狂热之间只有一步之遥，很难说是谁导致了谁。

最近看了一篇文章，里面详细解释了“贤者时间”。它揭开了欲望的一些面貌。

简单而言，“贤者时间”（贤者タイム / Kenja Time），是指男性高潮后进入的一种空虚、冷静和失落感，科学上叫“性交后忧郁”或“男性不应期”。短可几分钟，长可达到几天。

这篇文章说，人处于此状态时，欲望消退，心境平和甚至冷漠，“会对眼前的事物做出极端冷静客观的判断。因为绝对的冷静所以不会被欲望遮蔽双眼，但同时因为失去了欲望，所以也就丧失了奋斗的动力”。

性是了解欲望的最好的入口。“性瘾”描绘的，是与“贤者时间”完全相反的欲望状态。如果人们完全失去了与欲望的距离，令它泛滥，生活就会被吞噬。性瘾就是这样的病症，深深厌恶，无法逃离，如同沉浸在欲望和痛苦纠缠的泥沼。

性瘾表现了欲望的两面性。欲望如潮水，本身即有涌动，只是倏忽来又消退，难以预测。与性爱相似，欲望容易被激发，因而是可以快速获得快乐的方式，也是易得的生活解药。但也正因为这个，它又容易上瘾，难以遏制，很难控制在适度的边界内，原本是日常的欢乐，一旦无法收束，就是非常可怕的灾难。它又容易满足，一旦满足之后，随着欲望涌起的追求的动力也就一同散去。因而，伴随着欲望而产生的力量，往往不稳定，不持久。

因此人们对与欲望相关的行为总是怀有矛盾。舞厅、影院、爵士乐都曾被视作魔鬼，因为它们带来了过于激烈的兴奋和刺激，让人心生恐惧。但最终，它们还是合法地流行起来，这又是因为人们逐渐意识到，天性力量强大，不可违背。

人总是在寻找欲望的恰当距离，只是这个距离总是难以掌握，一不小心就会太近或太远。

依赖淡薄的表面关系过日子，不是比独处更寂寞吗？

真正的孤独是没法说的，你谈论一只苍蝇的缓慢死亡，谈论盛大的宴会，谈论你跟最亲密朋友的晚餐，这都是孤独的，但当你谈论“孤独”的时候，孤独反而被杀死了。作为一种自我伤感的孤独，谈论太多也没有用，没有人可以帮另一个人解决内心的孤独。

“孤独”这个词，有时候描述的不是一种悲伤的情绪，而是一种客观上的独处，以及由这种独处所形成的冷静。可以说，它是一种对热闹的反省、对社交的克制。

我并不是一个孤独主义者，社交有时既是一种功利要求，也是一种精神需求。但提醒人们重视独处的孤独感却有价值。人的生活分为物质生活和精神生活。我们经常需要为了自己的物质生活而参与社交，

依赖淡薄的表面关系过日子，不是比独处更寂寞吗？

《孤独是基本条件》 松浦弥太郎 翻译：张富玲 世相 361 期

但精神生活的质量，却很大程度上由确定的孤独感维持，交流使我们吸收，独处却让我们归纳。频繁吸收却从不归纳的结果，是种种外部所加的情绪、见闻、道理混杂在一起，彼此干扰，无法并入自己的心智。我们对生活的理解不是在面对他人时，而是当他人离去、房间空寂、面对自己时发生的。通常，情绪无法自我生成和显现，它需要对丰富生命历程中的微小细节进行安静思考，做到这一点，必须体会过深刻的孤独感。假如我们无法避免参加三人以上的聚会，无法避免参与热闹但乏味的交往，那么最好在精神上对这种孤独保持适量的追求和向往。

说到这里，我显然既鼓励交往，又鼓励独处。为了让自己的论断有力，人们总是挑选一个方向，远离另一个。我恰巧有两个朋友，他们对社交和独处这两件事的表述截然相反，却非常相似。一个是女孩子，她说，自己只有在与他人交谈时才能积攒能力，一旦独处的时间过久，能量就会慢慢消退，情绪就会消极。另一位男性说，与人交往会消耗他的情绪与体力，过一段时间，他就需要自己独处一阵，那些失去的力量与智慧就又慢慢浸回他身体里。

这么相对的两个人，却共同证明了同样的道理。无论是用交往来间隔孤独，还是用独处来打断欢聚，他们都说明了社交与独处两件事的不可分割。当人们热衷于聚会时，独处的重要性理应被反复提及，但假如有人下定决心一直独处，我也想适当地提醒他，不要忘记热闹的重要性。

就像那未了的余情

“少即是多”LESS IS MORE 这句话其实不完全对。少不一定是美。那些被迫的俭省，比如出于穷困而节省饮食，为降低价格而减少物料，通常带来变形和牺牲。“少即是多”一般发生在主动的选择上。可以奢侈而克制，可以庞杂但简练。

少是一种主动的自我限制，通过这种限制可以获得突破限制的快感，而人在突破的时候总是表现出更强烈的创意。原本铺陈在表面的意味就会有很多被藏起来，为了让这些意味能够巧妙地从内部投射，人们会努力增加经过筛选的材料的表达力。这就是为什么那些滔滔不绝的表白总不如一两句突如其来的含蓄爱慕更动人。

想起十九岁那年的事，真叫人又难过又怦然一动。

想起十九岁那年的事，真叫人又难过又怦然一动

每个人也都是一条河，水流大体上相似，只不过急缓不同，流向也不同。这样想来，不同类型的人生如同不同类型的文学，其实并没有多少特殊之处，区别只在于十九岁的梦想是旅行还是写作，区别也在于你是二十二岁还是三十二岁发现第一根白头发。

我没经历过狂野的少年时代，但仍然记得那时候面对世界的不可一世，因而人对自我价值的评估必然随着年岁日增而逐渐降低，即便是在名声和地位的攀爬中，心中的边界也会被急遽地收缩到一个由理性确定的范围，并心甘情愿地在这片勉强属于自己的领地里充当一个无足轻重、可以替代的角色。

我们也不再相信诗歌、音乐和绘画是豁免一切的庇护。那些少年

时代看起来顺理成章的荣耀也已经平淡无奇了。有一天，你也会如斯蒂芬·金那样，接到某个垂死的陌生老女人的来信，告诉你对她的人生多么重要——难道我们不都是对某些人生构成过无比重要的影响而不自知吗？但谁曾因此而获得了安慰，并因此重新对自己感到满意呢？

从这个角度讲，我们也许更能理解菲茨杰拉德所说的“年少成名”，在心怀广大的年纪通过非凡成功确认了自己的野心，那野心将有机会存活下去，对世界法则的理解会更乐观、更主动——也更不切实际，直到遇见一位人生巡警，告诉你“不过如此”，告诉你无论多么壮阔，你也仍然是一条流动的河，有不可逾越的岸。是的，早晚会遇到，你要么已经见过他，要么正在去见他的路上。

为什么要回家

一

先从一个比较远的话题说起。

一月份，《GQ》杂志采访了梁家辉。照片拍得很漂亮，恨不得是近年我最喜欢的一张人脸照片了。对，是漂亮，不是美，美在这里太含混，我喜欢漂亮这个词里面展露出来的赤裸裸的夸奖和羡慕。一个男人，在56岁脸上还有艳光，但又远不只是艳光，还带着一种实实在在的气势。

年轻时梁家辉也艳，他对《GQ》说，有那么一段时间追逐最轻浮的生活，四处走秀，烫最扎眼的头发，称呼别人是“贱人”，进迪厅跳舞，因为流行皮裤，一条要 7000 块，他就去买一条 70 块钱的人造革穿上，跳一半就内裤湿透，全身发痒。

后来是怎么变的呢？很重要的一条是，29 岁那年他遇到了他的老婆。

“我以前觉得自己是不会结婚的人，喜欢旅行，喜欢流浪，也恋爱，那时候流行恋爱，女孩子头发是长的，好美啊，就去追，要电话；但是遇到我夫人的时候我就希望她是我老婆，希望跟这个人成立家庭。”

这之后，他就像一只风筝被拴着线，无论怎么飞，地上都有个原点可以回去。

每个人都要有个原点。这是开头讲到梁家辉的原因。一条线并没有成为牵扯，让他沉沦在生活里。在所有放肆的狂野的猛烈追求的生活里，有一个可以不断回去的人、物或地方，是特别重要的。

二

这根线当然不一定只有一根，也不一定是某个人。它可以是一个故事，一本书，一首歌或者一件旧衣服。有时候，一种渴望，或者一种恐惧，都是一根拴住你的线。你不断回去，意识到自己人生的一些基本问题。

春节之前，马上要回老家去。对有些人来说，回家的旅行像朝拜，有些人却觉得这旅行可怕极了。

我脑子里闪过了很多小小的无关紧要的细节。比如，我的房间窗户外面有几棵树，北方难得下雨，偶尔碰上风雨交加的时候，树叶子唰啦唰啦的声音就能穿过窗户。比如，山东的农村，有些地方保留着严格的规矩。下午要去上坟和烧纸钱，晚上 12 点吃饺子之前要在房间里烧纸钱并且跪拜灶神和族谱，那个时候烟会熏得眼睛流泪，经历过这种感觉的人会知道那一刹那经历了什么理性崩溃和鬼魂意识。

不同的人回家有不同的情绪，我回家会感到安慰。过去十几年里，每当遇到人生难题，我第一时间就想躲回那间对别人可有可无、对我来说至关重要的有窗户的房间里面去。古代人有一个被用滥了的比喻，说“只要泰坦站在地上，盖亚母亲就会给他力量”。大概就是这个意思。

我知道对很多人来说，春节回家让人烦恼，越是不顺利的人越不

我想，你只是暂时不在海边。

世相读者　新世相 36 期

愿意回家，得面对父母的软性和硬性逼问，得回到起点意识到自己其实还没走到自己想去的目的地。在大多数时间我都是这样的，不过与此同时，我又很愿意回到起点找找动力。

三

回到起点这事儿有两个作用。一个就是受到打击，发现自己离开那个地方时想要完成的事业还远得很，甚至已经失去了可能性。

另一个是能找到安慰，许多人在出发之前都是信心满满的，所以出发地经常留着希望、野心和不可一世的味道。回去可以嗅到这个味道，找回一点希望和野心。对另一些人，出发地意味着不快的往事、想逃离的人和生活。不管怎么说，他们都比那个时候更好一些了。

但出发地就是出发地，它会永远用一根精神上的线拴住你，不断记起你的壮志雄心，或者你的辛酸血泪。

四

重要的当然不是回家本身。故乡对很多人来说是一种需要被反叛的精神权威。1960 年代，全世界很多人觉得没有故乡感，充满抗议和反叛，人们迁徙流浪，其中一部分人来到了格林威治村。

《放任自流的时光》里讲到了这些故事。也许正因为他们知道迷茫是什么滋味，他们才格外努力地寻找可以寄托的地方和事物。音乐、目标，甚至是“叛逆”这个追求本身。

总得有根线。一些混乱、不知所措和茫然无依，往往是没有这根线。有时候，人们追着不同的浪潮，一会儿往这跑，一会儿往那跑，然后不知道跑到哪里去了。有时候他们跑到了对的地方，但这是偶然一见的事。

还是争取别做这样的人。

被背叛的人更有力量

在非强迫性的关系中，弱者有时候更有力量。强者地位给人带来的事实上是被动性。有一句话说，在 S 和 M 的关系中，只有 M 才能真正结束这段关系。

芭蕾舞剧《浮士德》里面，在善与恶的交战这个永恒的主线之外，编织着一个更世俗的男女关系的故事：

为了获得永恒的青春和享乐，浮士德将灵魂出卖给魔鬼。他引诱了玛格丽特，一个纯洁少女。

不久后，玛格丽特怀孕了，但浮士德已经将她抛弃。

在惶恐和错乱中，她谋杀了孩子。悔悟的浮士德赶到监狱，在魔鬼的帮助下，救出了等待执行死刑的玛格丽特。

二人重聚，经历了短暂的欢愉之后，玛格丽特拒绝了浮士德。

他先离开了她，她又离开了他。

人与人的关系中存在一些主动权。比如，先表达喜欢的那个人对被喜欢的人拥有了某种主动权。再比如，一个人抢先背叛了另一个人，那么被背叛的人却握有最终结束这段纠缠的权利。

许多时候是这样的：被背叛的人开始会痛苦，但只要有一天这痛苦被化解，那么他或她可以彻底摆脱往事，此时，他 / 她这种遗忘不会被视为过错，反倒带来激励。也就是说，作为弱者和被伤害者，他 / 她才在事实上拥有宣告这件事已经过去的权利。而且，他 / 她的告别虽然迟来，但更彻底。

被伤害者和弱者通常意识不到这种力量和主动权，他们是可以将自己从悲惨处境中解救出来的。也只有他们才能结束一段糟糕关系。

相反，背叛者会因为先行离开这个行为，使自己处在一个无法主动而彻底地离开的处境里。

从这个角度上讲，《浮士德》的隐喻是成立的。背叛者像签了魔鬼的契约一样。

性比爱更可靠，因为它离物质世界更近

有人用科学和实验研究性，没有人用科学和实验研究爱。性出现问题可以找医生治疗，爱出现问题只能祈祷。

性是心理行为和身体行为的结合，心理动作与性行为之间有可以验证的逻辑关系，性爱中的虐待和伤害有明确的心理动机；爱是心理行为，身体的表现和心理的表现完全对不上号，爱情里的伤害与心理行为有时相符，有时又相左——比如说，你爱她，却做着伤害她的事，你想对他好，却冷漠地走开了。

总体来看，性比爱离物质世界更近一些，可以琢磨，可以研究，可以掌握规律，甚至可以演练。性是比爱更可靠的东西。

然而，也许太恐惧性爱的短暂，也许是难以面对过于纯粹的动物本性，人类越是明白性关系的物质属性，越明白靠性吸引无法建立长久的依赖感，就越想用更抽象、更难斩断的事物相互连接。

这让人想起了《朗读者》里的中年女人和男孩。赤裸裸的欲望和性爱，因为“替我朗读”这个行为立刻变得五味杂陈。似乎一段不够美的肉体关系，有着用精神交流进行修饰的需要。

最终，精神上的升华最终使人们连带着对肉体关系产生了体谅，简单的肉体关系，最终因为额外附赠的精神关联而获得了胜利。

在乏味又略带神秘的肉体关系外加上精神交往。原本是直接的、纯粹的行动，于是有了复杂的意味。这大概是人类所做的最重要的包装。

其实，假如爱情也像性那么可靠，爱情就得失去很大一部分魅力。在精神序列里，爱在性的上面，性也经常充当爱这种精神事物与具体世界连接的工具，让爱的非理性变得稍微可靠一些。爱更广阔，性却更具体。有人偏爱精神的吸引，有人却喜欢具体的吸引，也有些人觉得，掺杂着物质与精神双重回馈的关系更加诱人。因此人世间才有种种不同的关系。

最好的男女关系是免费的快乐，还是隐藏的折磨

一

男女关系分很多种，直白热烈的、含蓄隐忍的、礼貌疏离的，日常的痛苦和快乐，一大半来自这里。这是理解塑造个人生活的种种洪流，分析人和事物之间距离感的最丰富的样本。

那到底怎么才算好？

想起这个话题，是因为今天有人发来了郑钧的新歌，名字叫“我是你免费的快乐”。一看就是写男女关系，而且是男女之情中亲切、热闹的那种。歌词里有这样一句：

我是你免费的快乐

嘻嘻哈哈，吵闹争斗，亲密无间，两个独立的人之间再怎么亲密都有缝隙，但一旦这种缝隙被密集的往来填满，以最小距离贴合，扭在一起面对复杂叵测的外部世界，彼此互为牢狱，但也互为救援，造成的痛苦很短浅，并有快乐紧跟着做补偿。这样子人大概就会有无限的底气与勇敢。

二

这是那类让人羡慕但日渐稀少的男女关系，太少，太日常，反倒慢慢很少有人提及了。但对双方的要求也都更高，坦率、直截，又不过于强烈而彼此损害。

否则，当近距离的厮杀失去快乐的弥补，彼此损害就发生了。这是距离感的糟糕状态，贴得太近不设防备，反倒更容易伤到骨头。

昨天看到高仓健书中一篇文章，写的是他心里的男女关系。其中有一段说：

当我们伤害别人的时候，似乎伤害最深的，往往是对我们最

多少刻骨铭心变成三言两语。

世相 374 期

重要的人。不对，应该说正因为是最珍视的人，才伤害得最深。

这其实还是很理想的状况。更多时候，到最后，挣扎和痛苦成为吸引力的唯一来源，人们不因为爱而因为对伤害和痛苦的着迷凑在一起，时刻想分离，但总回到原点。直到伤口结疤，彼此麻木，这样的男女关系，是日常生活痛苦的巨大来源。

三

那么拉开距离怎么样？要么是礼貌而浅薄的，每个人适度付出，适度索取，不热烈，也不疏远。另一类则是克制的、含蓄的。含蓄不是不深情，而是不太能表达的深情，以及一旦表达就会被破坏的深情。在男女关系中，这种深情也是常见的类型，它存在的前提即是“未被说出”，是在自己心里反复酝酿，以至于超过了男女关系，变成一种深深的自我雕刻。

等它表现在外面，反倒是淡淡的，内心的忧郁表现为外表的惆怅，内心的刻骨铭心表现为外表的若有所思。

高仓健在书里说：“所谓爱，是带着怜爱之情去怀想，并珍视对方与自己的人生。”

在不知不觉中，对于那些真正很棒的人，
能和自己深交的人，自己很珍视的人，
我开始想要与他们尽可能地疏远，
只在心中怀抱着对方的美好形象。
这是懦弱吧。
不穷追不舍，也就不会分别。
哪怕完全无法与对方相见，连电话都通不了，
自己心中怀有的情思，却像是被放了时间胶囊般，
没有丝毫改变。
我们每个人都有着自己的各种牵绊、难处。
在当时，可能无法向别人言说，
等过了好多年，才终于能说出口。

有多少人曾在这种浅灰色的情境中度过很多年呢？孤独地拼搏、奋斗，努力工作和生活，然后偶尔落进被压制的渴望中，再快速把它藏回去。

在男女关系中，这是审美的重要来源。但它是不是美好的，真难说。

四

作家袁凌在新书《自出生地开始》中写到了前妻，我看到一种无法言说的男女关系。紧紧联结的生命中有无法打破的距离，又通透到没法掩饰的地步。

有一次，我陪妻子在开元商场的地下超市里买东西，看到休息区有商场请的歌手演出。大概是最近时兴的。我在休息区等她，看到一个女生出来唱歌。她从一个小休息间出来，自己整理好麦克风和音箱，坐在一个小凳上开始唱歌，音域不宽但还干净，唱的是徐若瑄一路的歌，装束也素净。我想，她大概是音乐学院的学生，出来挣点零钱。不知什么时候，妻子来到身边，无声地一起听完。女生收拾东西退场，我们搭扶梯去一层，缓缓上升中一路无言，妻子忽然问："你在想她吗？"

又说："要是我当时有机会上学，我也可以像她这样。"

这是我读到写男女关系的文章中出现的最突然的震惊。一种缓慢生活中突如其来的最无望的了解、最直接的面对，面对中又带着无可奈何的平淡。明知有一天这距离会带来分散，却又远在分散前就清楚知道结果，并清醒地等待着。

五

我又想起那种掺杂着麻烦与喜悦的男女关系。

郑钧曾经讲过他和妻子刘芸的关系，讲得多半是争吵。两人刚在一起时，试探着距离，经常吵架，妻子刘芸摔门离家出走。慢慢地，郑钧学会忍让。刘芸是湖南人，郑钧是西北人，脾气都很暴。郑钧说，“既然要在一起，我只好把脾气变弱。有时候我也会想，为什么我会混到了这步田地？一物降一物吧。”

刘芸对郑钧说：“你身上从内到外穿的东西都是我给你买的。”郑钧就脱下来还给她。有一次吵架吵得厉害，刘芸在楼道里大喊大叫，郑钧爱面子，邻居听着怒吼，他要跑。刘芸说，把我的衣服还给我，郑钧没办法，把衣服脱了，光着膀子跑下楼梯去。

甜和苦混杂在一起，显露出日常琐碎的满意。

它是不是最好的男女关系，很难说。它缺少审美性，但里面确实带着日常的力量，不容易破碎，有能够持续下去的温度。

时 间

一

人究竟是该躲在往日的怀抱里哭哭啼啼还是勇敢地向未知发起冲锋?

钟表是人类发明的最不科学但最不可或缺的物件之一，它强行将平等的时间划分成有承载具体信息的计时，以此为对茫然事物缺乏安全感的人类提供可度量的准确性，制造一种掌控一切的假象。

人类以自身对时间流动速度的理解感知外物，因而格外喜欢不同时间速度的产物。

琥珀、珊瑚，因生长周期缓慢，动辄牵动千万年光阴，使人们折服。

夏虫不语冰这类发生于小虫的故事，以及生命周期以分秒计算的微生物，也常让人倏忽忘怀。一个生命过程被延伸得太长，或被压缩得很短，都具有无比诗意。佛教法门里最让世俗人动容的概念，大概就是劫与刹那，原因正是传道者的修辞，将劫与刹那的概念用人类熟知的行为计算，诸如“一弹指的时间就是六十三个刹那”这样的叙述，让人顿时生出时光短促的惶惑感。

有一篇文章，讲到深海与鲸鱼的尸骨。在鲸鱼的尸体落进深海之后，会极其缓慢地腐烂、分解，并滋养其他生物几十年。

深海有无限隐喻性，人类几千年来反复锻炼理性，当日光散尽，思维进入黑暗不可知的异境，加上致命的温柔，理性消散，审美和想象力浮游起来。深海并不随时间而更改，鲸鱼的骸骨也以人类无法感受的时间速度发生变化。沧海桑田，一切都像佛教故事，不过它是真的，是人类理性精准描绘出的画面。

二

但这应该是生活的苦恼，而不应该是写作和思考的苦恼——事实上，大多数人也心甘情愿地让写作和思考顺从时间的管制。

我们学会倒叙，学会缺省，但时间次序仍然编织一切，我们生怕叙述和思维脱离时间的线头，用许多或明显或隐蔽的技术让一切不至于出轨。这是那些乏味的文章共同具备的因素之一，甚至很多并不乏味的文章也因此失去了变得更加卓越的可能。

仅就写作而言，时间之河的泅渡者必须有清醒的意识，如菲茨杰拉德那样，随意在过去和现在之间进出，擦去边界，改用一种比时间更具新鲜感的逻辑来整理事实。《了不起的盖茨比》的结尾，过去与现在是无法区分的，共同服务于同一种自过去延续至现在的情绪。

要知道，很多时候，当人能意识到自己在过去和现在的故事中间来回切换，这感觉会损害记忆的深沉韵味，让记忆的美和忧伤受到煞风景的损坏。而菲茨杰拉德尽可能减少了切换的必要，节省了回忆的成本，从而将往事制造“丧失的忧愁”的能力发挥到最大。我看过很多关于这本书的评价，但大多数人并未说出自己被这个结尾触动的抒情冲动究竟是为什么。我想他们并未获得逃出时间的清醒意识。

那些优秀的写作者，那些勤于思考的人，都应试着与时间勇敢作战。

“于是我们调转船头，向着深处划去。”

三

时间的残酷性取决于我们站在时间的哪一头。遥望即将发生的时间，景色迷蒙而流畅，过程缓慢而细致，这时候时间的残酷性尚未显露，我们确信时间是细腻的，不至于含混而过，每一秒钟都会留下痕迹。就算是因为可以预见的辛苦惴惴不安，也总会有“早晚要过去”的确信。对时间虽终将流逝但毕竟还没被辜负的信仰让人们踌躇满志，大大咧咧，充满期待。

然而，假如我们是站在时间的末尾回望，思索已经久远或行将消逝的过去的时光，风景却变得紧张急迫，仿佛过去的日子总是跌跌撞撞，尚未仔细回味就已经被新的时间冲荡而亡，我们张口结舌，却悔之太晚，没有任何办法可以重来。我们只记得开头与结尾靠得太近，中间仿佛被压缩的饼干，一眨眼就已经结束了。电影临近结局，小说翻到最后几页，曲终人散，宴席收场，起初因为精彩的开头而感到的充实感就消失殆尽，高潮同时意味着一切向上的过程的结束，意味着即将到来的跌落的失望感。

没有人可以回首过去的时间感到心满意足，因为无法挽回的事物总是充斥时间的行进之中，已经完成的事物也无法从头再来。我们只要曾拥有过时间，就必然以残留的遗憾作为偿还之物。

四

每个人都是一条河，水流大体上相似，只不过急缓不同，流向也不同。人对自我价值的评估必然随着年岁日增而逐渐降低，即便是在名声和地位的攀爬中，心中的边界也会被急遽地收缩到一个由理性确定的范围，并心甘情愿地在这片勉强属于自己的领地里充当一个无足轻重、可以替代的角色。

关于时间，奉上我喜欢的奇幻小说《时光之轮》开头的描述。这里面对时间的定义是“一个有着七根轮辐的轮子”，一条大蛇首尾相衔，环绕着一个七根轮辐的轮子，每根轮辐是一个纪元。随着轮辐的转动，纪元也就随之更替。

“时光之轮转动如常，岁月来去如风，残留的记忆变为传说，传说又慢慢成为神话，而当其诞生的纪元再度循环降临时，连神话也早已被遗忘。在某个被叫作第三纪元的时代，新的纪元尚未到来，而旧的纪元早已逝去。一阵风在末日山脉刮起。这阵风并非开始，时光之轮的旋转既无开始，也无结束。但这确实也是一个开始。”

Chapter 3

■
■

你的外表
是否衬得上你的灵魂

人们热衷的应该反对，人们反对的应该流行

在人们追逐的事物里面，总能发现一些导致结构性腐烂的东西。也许正是因为暗合了人们的不理性和盲目，它们才流行。恶俗和媚俗都是极为流行的。

也有些东西，因为勾起了某些隐秘的恐惧，被下意识地抗拒了很多年。相反，随着它们被排斥，一些很可贵的美好的东西也受到了误伤。我说的是低俗。

分头来说这“三俗”吧。

我们的危险是幻想自己拥有，事实上却没有。

世相 231 期

一

关于媚俗，引用李海鹏的一大段阐述：

媚俗的根本定义，我想就是为了某种“值得”的理由而宁愿失去头脑。

媚俗也是今天发生的针对记者是否应因打扰家属而退出采访的泛道德化争论；也是汶川地震时的感天动地；也是上海模仿纽约的摩天高楼，北京模仿莫斯科的长安街；也是“文革”时亢奋的高音喇叭；也是被网络放大了的情感共鸣。媚俗是一个女人或男人哭泣着说“我对你这么好”，也是一个男人或女人受到情感讹诈之后甘心送出的拥抱。媚俗就是用浪漫或审美的动机遮掩欲望，是一切雄壮军歌，是看了电影《悲惨世界》然后说“忽然发现‘左’派有天然合理性”的所谓“素来的自由主义者”。媚俗是苛刻的门卫的责任感。媚俗是带红袖箍的老年人的爱国热情。媚俗是军国主义和极权的摇篮，也是令人窒息的男女互相控制的升华。媚俗就是对非媚俗的“你怎么这么冷酷”的指控。媚俗长着一根强硬的食指，善于伸出来指责别人。媚俗是十九世纪为《欢乐颂》流下的眼泪，是《生于七月四日》里的军装与荣誉，是奥巴马在就职典礼当天走林肯走过的路，吃林肯吃过的菜，发表林肯一般伟大的演讲。情感、审美，审美、情感，媚俗是一个闭合循环。媚俗不是假瓷器，那只是俗气扮演雅致而已，甚至可以视为一种谦逊。媚俗是俗气的骄狂和自信,是失去头脑之后的蛮横。太滥的善,太滥的爱,太滥的正义，太滥的审美，太滥的宏大，太滥的感动，太滥的正当——媚俗总是过度。媚俗不是不满足于真实，那是浪漫主义。媚俗是否认真实，是寻常可见的疯狂。我不害怕极权，但害怕媚俗，我并不是时刻感受到极权，但时刻感受到媚俗，极权很少侵入日常生活，但是媚俗像浮萍一样飞速繁殖，让人像鱼一样无法呼吸，而且极权会过时，媚俗将永恒存在。

二

恶俗和媚俗本质上具有相同的方向，即缺少逻辑支撑的矫饰。但不同的是，外人很难对媚俗者进行真正意义上的指责，顶多是劝诫，因为媚俗是一种精神选择。而恶俗不同，恶俗是由人的自我麻醉和他人的有技巧的欺诈合谋完成的，恶俗的原因之一是刻意误导，因而应当对抗，应该花力气反对。与媚俗嵌套在微妙的精神活动里不同，恶俗更加明显，更加粗暴；但它是与物质性结合的而不纯粹是一种精神行为，因而波及更广，更加固定，对抗它需要更大的勇气。先前说过，品位除了包括区分好坏的能力，还包括对坏的事物说不的勇气和能力。

对抗恶俗需要的勇气和能力是惊人的，五星酒店、热播大片、知名影星和畅销书已经成为潮流的重要部分，你是否真的有能力辨别他们，有勇气拒绝他们，并且安然自若，不担心成为异类？而在此过程中，还得避免伤害一些虽然并不大众但出自真诚的行为，不因为自己不喜欢而武断地认为一些理所应当的事物为恶俗——比如，从未有旅行机会的夫妇在埃菲尔铁塔的布景前照相是否恶俗？判断这些需要勇气、良心、眼光，需要克制的鉴别力。

保罗·福塞尔是以极端刻薄犀利的言辞实现一个公允目的，在此过程中他误伤很多，却总体上给读者凿下很深的烙印。关于恶俗，他的《恶俗》一书几乎谈及每一个方面，总归起来则只有开头那一句话："恶俗是指某种虚假、粗陋、毫无智慧、没有才气、空洞而令人厌恶的东西，但是不少美国人竟会相信它们是纯正、高雅、明智或迷人的东西。"照此而论，我们真不难粗略地指出我们生活中的恶俗之处，比如血型、星座，比如绸缎制作的假花和塑料布片做成的草叶。

三

最后再说说"低俗"，其实，社会意义上的"低俗"这个词，我整体上持正面态度。

有段时间，我不喜欢任何直白裸露的东西，无论是全裸的身体、不加掩饰的价值观抒发、粗口或者火山般坦白的热情——都是被称作“低俗”的东西。习惯了距离感之后，面对这些毫无距离、直接得惨烈的东西，总觉得难为情，手足无措。

这想法的改变一方面是因为“低俗”本身就是人天性里渴望之物，另一方面是因为从逻辑上找到了理由。去年6月，我有一次日本之行，印象最深的并不是古刹丽人，而是在一座寺庙的庭院里看到的几位包着头巾在烈日曝晒下清理杂草的女工。她们清理得非常彻底，所有沙石、枯叶全部耙掉之后，剩下的草叶就展现出一种最原始最彻底的袒露，高明之处在于，这种清理丝毫不损害草坪原有的结构和密度，因而袒露出来的就是草地的原始质感，丝毫没有被破坏和掩藏的质感，展现出惊人的吸引力。

日本人说wabi-sabi，也就是“侘寂”，其中一层意思，就是彻底袒露的本原之美，粗瓷碗不加涂抹抛光，反倒将泥土的气孔和乱纹完全保留，并以此为美。完全裸露的身体、文字、情感，也许将其中的丑陋细节也暴露出来了，但这种暴露却经常能增添不一样的动人，格外能将人、心和文字的质感完整展现，像粗糙的沙石打在脸上，硌得人生疼。在这生疼之外，再有细腻的美，原始的美和人工的美加在一起，撕裂又让人惆怅。这解释了有些人偶尔的粗口为何反而增添魅力。

风格是一种流动的本质

人们都开始意识到要有风格，只不过关于风格的误解似乎很难消除。“让自己看起来与众不同”并不是获得风格的好办法。将有风格的衣服穿在身上，学习郭德纲或者李健的谈吐，都不是获得个人风格的好办法。因为风格本质上是一个人的持续表现出来的辨识度，任何简单模仿都是暂时的、易变的，而易变的人没有自己的风格。

但是紧紧维持“不变”也不能获得风格。这件事听起来怎么那么复杂：又要变化，又要在变化中保留某种不变的东西。

风格是一种流动的本质，不断变换但仍保持辨识度。风格就像跳动的心脏，在喜悦、惊讶、悲恸等不同时刻表现出不同的律动，但情绪稍纵即逝，心脏却不歇地跳动。

打个比方也许更容易说明白。在日本街头站了60年的妓女“横滨玛丽”，60年来，容貌在变化，衣服在变化，天气也在变化，但这些东西加在一起，永远是一个不变的感觉：自尊、从容，以及“美”。

因而当我们说到风格稳定，我们不是指在21世纪第二个十年仍然秉持1980年代那些过时的举止和穿着，你必须了解那些年代的深刻动人之处是“鲁莽但真诚的自由主义”，如今，我们应该用新的举止和穿着表现这类动人——顽固地穿着过去的衣服、模仿过去的举止的行为，大多数是笨拙的误解。

当可可·香奈儿说“潮流易变，风格永存”的时候，她说的风格也并非一种无视潮流绝不更改的事物。她同样害怕不再流行，而好的风格可以跟上任何潮流，只是在任何潮流中都维系着某些相同的元素，在快速变幻的时间里让自己不过时。

因此她说：“一件上好的裙子可以适合所有人穿。”她当然不是说人们可以放弃量体、剪裁和配色，而是说这条裙子就是她理解的风格，那种流动的本质。

要想获得成功风格必不可少的东西有两样：一是稳定的成熟的内

在，一是将内在表达在自己的衣着和容貌、举止上的技术。我们现在学习的通常是技术，如何搭配衣服，如何挺胸与保持笑容。但更重要的东西是，这些衣服、身姿和容貌是否由一条线从你的骨头里面牵出来，并且无论怎样更改都与你的内心世界紧密地贴合在一起。

作为一种时尚标签，香奈儿让自己流行至今的原因正是她对多变时代的本质风格的掌握："服饰的美感永远都只是道德忠实性与情感真实性的外部再现。"而作为一个人，香奈儿流动的本质就是她那"既是邪恶又是美德的"骄傲。时间流逝和人群审美的更迭都无法更改这些长久的魅力。

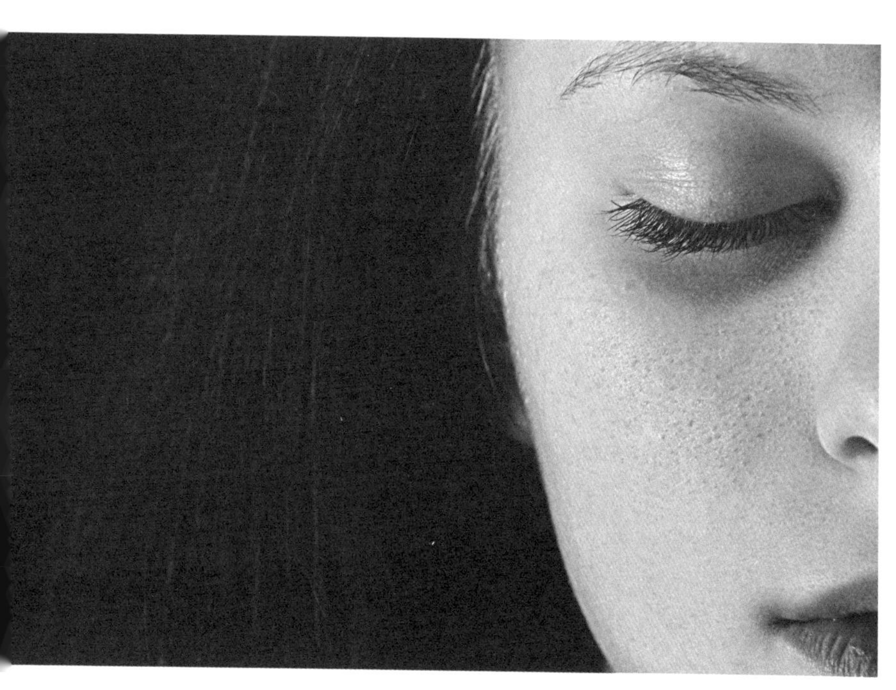

如何在疼痛中维持体面的平静。

《黑暗之光》 沈熹微 世相 377 期

再论风格：不以貌取人，而以魅力取人

我们并不以貌取人，我们以魅力取人，而魅力是在精妙的局部被一种风格化的元素整体集束之后形成的。因此，美丽的消失虽值得忧心，更值得担忧的却是风格的破碎游离。

风格是细微的，很难觉察，但我们必须掌握它，以便像设计一台德国风尚、充满工业感并带有简洁的白色的唱片机，或像创作一篇普鲁斯特式絮叨的小说那样建设自己的整个生活，装扮自己，言谈自己。起码我们应该了解它，这样面对烦琐的世界就有能力看出其中的区别，理清其中的条线，选择人的类别，在花丛中准确辨认玫瑰科和鸢尾科。

作为一个整体而言，我们终极的追求很难说是漂亮的外表还是深刻的内在。由于标准的纷乱，何为漂亮，何为深刻，我们争执不下。

对人还是对产品，最高的评价是“有魅力”。

极少数的人，个别时候，我们会抛开对他们从长相、身份、事业、谈吐等局部细节的考察。他们的每个局部也许都不够完美，各有缺憾，但这些特质却按照一种难以理解的方式集合为一个整体，一只生了雀斑的鼻子、一对并不柔美的眼睛、一双不协调的手脚、一种略带神经质的紧张等，凑在一起却有致命的吸引力，那就是“魅力”，或者叫“风格”。这体现出世界精妙的偶然性。

一个美丽的少女，有一个丰富的灵魂，但这美丽和丰富假如是互相背离的，那么我们看到的是一个与自我格格不入的形象，怪异而没有魅力，这样的极端例子是很常见的。相反，假如进行了恰当的调配，那么不那么显眼的外表和不那么显眼的内心世界综合起来，可以形成一团雾一样迷蒙的感召力，让人念念不忘。

风格的塑成，既依赖诸多细微具体的技术守则——诸如整容术对面目的设计，编辑对图片和文字的编排——也仰仗整体性的理解和掌控。

如果说技术守则可以逐项训练，那么后者则是逐日熏陶的总体结果，仰仗诸多优良审美习性汇集成的总体意识，以及由此产生的瞬间判断力。假如我们能像拆解汽车一样将这个判断力的过程细细拆开，会发现其中存在大量计算、比较、取舍，糅杂偏见、记忆的影响。但作为一个转瞬即逝的过程，我们只能从总体上研究它的大概规律，以便得知如何训练它。

一个有魅力的人，只需进行必要的技术训练，便会知道怎样建一栋好房子，也知道如何打扮一位美人。技术训练辛苦但简单，首饰的搭配、形体的培育、文章的起伏、钢铁的软硬，都有章可循。美的总体意识的养成则艰难得多。我们阅读，旅行，观赏优秀工业产品的每个棱角和阴影，分辨百灵和喜鹊的叫声，都在为这个总体意识加成。但这需要倍加留心，才能从这些经历中有意地提取审美意识的点滴，汇集成我们赖以构建风格的元素。

迈尔斯·戴维斯即使因为下面这个发现就可以让人倾慕——为什么一个年代用什么材料制作汽车会影响那个年代的音乐风格？因为塑料汽车与钢铁汽车发生车祸时的声音听起来不一样，金属碰撞的声音随着金属汽车的消失而消失了。他谈论音乐风格的文字就像一部风格指南，我们按照他理解音乐的方式就足够理解人生风格该如何维持，如何控制天赋又如何习得后天技术，如何处理难忍的失去和惊惧不安，如何面对欣喜以及如何具体捕捉抽象的内心。他令我想起张楚的文字，都是在叙事的缝隙里突然插入观察命运才能获得的那类总括式的才华，不同的是张楚的文字带着敏感者那种迷人的绝望的颤抖，戴维斯则带着敏感者的另一种特质：细腻坚硬，突出而勇敢，在尖锐的突起之间填满丝丝缕缕的情意。

一旦风格经过你的有意选择而形成，那么剩下的事情就是坚持它。不要随意抛弃自己的风格，除非经过审慎的抉择。从 1889 年开始，美国佐治亚州一家服装店在当地一份报纸上每天刊登一则广告，直到 1987 年，刊登了 35291 则。我对它的理解就建立在这种坚定之上。

你为什么停住时光

我们对未来的绝望，是因为有些事忘得太慢，有些又忘得太快了。

看到一个故事。安东尼奥尼在乌兹别克斯坦为一名老人拍照。显影之后，老人瞥了一眼就递还给他，冷冷地问:“为什么要停住时光？”他的问题也可以扔向这个自拍盛行的年代。

自拍这个行为表达了人们对于“短暂”的永恒恐惧。只有快乐是易逝的，悲伤从来都嫌太长。快乐轻易被忘记，悲伤却总是长久留下。拍下最美好的瞬间，是想尽可能延续短暂的快乐，这也许徒劳，但漫长的人生不正是一次又一次确认自己快乐的过程吗?

这是我为“自拍”这种正受到许多人质疑的行为做出的辩护。有时候，人们的确应该静下心来体验幸福流过的那个瞬间；遗憾也会带来美，某个时刻永不再来正是那个时刻动人的理由。但自拍是人类克服短暂性这一诅咒的解药。

人的记忆缺少存储画面能力——大多数人离开最亲密的恋人几天后，就无法在头脑里清晰地记起他们，只留下一个大致的轮廓。许多动人场景一旦过去，画面很快就在记忆里消散。快乐的消逝是与热闹场景的遗忘同时发生的。一旦画面保留，人们就能回到其中，并从具体场景里抽取气氛。

恋人间的关系最能证明“自拍”的价值。在爱情面前，人脑是怀疑的机器，它从不相信未被确切记录的事情。一旦时间消逝，人们会很快怀疑往事的可靠性。人们像依赖毒品一样不断索要浪漫和誓言，就是因为幸福的短暂性。自拍是提供爱情确认的重要方式。你会发现，哭泣时人们从不拍摄自己，痛苦已经太难忘了，但甜蜜还是不够多，所以，甜蜜时人们对着爱人举起相机。

人们从来没因为事后的痛苦而嫌过去的快乐太多了。某些清晰的记忆可以帮助我们更清醒地决定未来的人生。总体上来说，自拍确认了我们确实曾经有过明亮动人的生活，那不是虚构的。

现在也许可以再问一次：你为什么停住时光？

美化生活的恶果，是被赤裸真相伤得更深

一

浪漫往往是轻浮的。比如说“过去即他乡”，这是一个令少年心动、令老人忧愁的说法，就像鲁迅在老了以后回忆起自己少年时愿意“走异路、逃异地，去寻求别样的人们”。过去的美好其实残忍无比——迫近的危机杀死所有浪漫，死亡的阴影带来无法回到过去的恐慌。当死亡还遥远，人生还有无限可能性时并不成为问题。

文学中的浪漫则往往容易生锈，要么成为少年生涯的陪衬，要么成为空虚者的陪伴品，它们通常无法陪伴孤苦沉痛的灵魂经历血火混乱的年月。只有那些抛弃浮光的令人心酸的东西才能真正成为伟大的文学，并且经历诸时代的焚烧并最终留下来。

这样说看起来失之偏颇，尤其对那些曾被热情的歌唱所鼓舞的人来说，毕竟，作为梦想的一种颜色，浪漫不是对那些不幸者的鼓舞吗？我的答案是：不是。如果仔细钻研，会发现只对那些尚未成熟的人才有效。只有在那些尚未经历太多变迁的时代，人们才更愿意接受文学中提供的浪漫想象。如今，这个世界见过了最可怕的黑暗，见过了奥斯维辛，见过了坦克，他们不会再将浪漫文学当成消遣品之外的任何东西。

二

浪漫化，也就是美化生活这种潮流的一个隐形后果是——我们削弱了自己应对真实状态的能力。

如今，人们能轻易地将不够美好的生活遮掩修饰，将肤色调白，增添不存在的阳光和花草，删掉碍眼的野狗和瓦砾，然后心安理得地对外宣示，相信那是自己的人生，起码是一部分。假如批评他们，他们一定会说，这只是让生活看起来更浪漫一些。这种“浪漫化”的趋势成为人性中最新被揭露出来的蛋糕，许多人在吞食它：手机软件让人轻易浪漫化自己的肤色和脸型，轻易将自己的短腿浪漫化为长腿。

浪漫化原本是指我们在阴影里也能想到阳光，在瓦砾上也像在花丛中。但如今，“浪漫化”反倒成了虚假的代名词，成了有意无意的正当的欺骗——对他人以及对自己的欺骗——它的代价是，人们通过欺骗而不是内心的建设来面对不那么理想的现实。那种给生活增添色彩的浪漫与“浪漫化”欺骗的区别是，前者正视一切，并寻找出口，后者回避一切,然而回避不可能是永久的,他们最终不得不转身面对真实，注意到自己的臃肿，低头看见肮脏的地面。美化现实的恶果是面对真相伤得更深，用美图软件修正容貌，会让镜子里的自己更加扎眼。

以前，我们努力的方向是认清这一事实并坦然面对，我们鼓励自己容貌平常也可以活得漂亮；如今，逃避行为的发生放大了对真实状态的恐惧，使人失去了在不完美的现实中体会浪漫、构建生活的能力。这种能力本来是让大多数人面对冷酷世界活得优质生活的重要的原因。

满堂饮酒只我一人索然，情歌动人是为离别而唱。

世相 342 期

不是茨冈人就别学着热衷于离别

我们对某些事物的喜爱纯粹是审美上的,而不应完全实行。比方说,我们认为生命在苦涩的情况下最动人，这是一种审美的偏好，并不意味着我们应该将生命过成苦涩的。我们感到离别有一种令人着迷的浪漫气息，但大多数时候离别都是可悲的——因而我们对“茨冈人不害怕离别”津津乐道，因为我们并不是茨冈人，我们对茨冈人的欣赏是审美上的欣赏，别强令自己也爱上离别，也别在发现离别并不愉悦时怀疑自己的承受力。

这种审美偏好和具体生活偏好之间的区别，经常被人攻击为虚伪或矫情，这是不公的。事实上，它是应该被正视的抽象与具体的合理分野。抽象本就应该与生活保持适当的距离。一个人可以同时欣赏离别的美学意味，又在现实中害怕离别。一个人可以认可抽象的生命的痛苦，但在生活中享用美食和舒适住宅。当然，还有一个前提才能避免虚伪和矫情的嫌疑，那就是平等对待自己和他人。既然用自己审美上的偏好指导自己生活是错的，那么更不要以此为条件来指导、评价别人的生活。

人的审美本身就有忽视具体的特征。最常见的例子是，我们隔着遥远距离爱慕一位男士和女士时，我们总是忽略以后会遭遇的各种具体的不堪，而注重某一部分魅力带来的抽象的享受。关于审美的误区之一，是将原则付诸实践而不加任何转化和限制。抽象的审美与具体生活之间并不总能完全贯通，然而人们通常会将审美的抽象原则本身视作可以完全践行的准则。有些在情操和思考中显得动人的事物，在生活中则并不可行，因而从哲学到生活有一段并不短的路程。哲学作为一种精神之物，并不涉及具体生活，而哲学的实践要以一个人的命运为代价，就得考虑舒适度、可持续性，要加以修正和限制。这一点，可以清晰地反映在遵循极简主义的产品设计上，它们不约而同地在实践中对极简主义哲学本身的理念打了折扣。

“人永远劳作，物永远动荡，可没有一件东西常在，虽然后来的新东西跟过去的并无分别。”这样的话真的非常动人，让人陶醉，但我们并不因此就放弃劳作和制造精良的物品。“太阳之下无新事”听上去也充满华丽的智慧，但事实上呢，你新遇到的那个女孩和昨天早上吃到的新菜都是太阳底下的新事。在审美上谈论生命的易逝和悲哀是一回事，一旦真的遇到破产、病痛和离别，审美就失去指导意义，我们就仍然应该赚钱、治病和苦苦挽留。

为什么矛盾而复杂的女人特别有魅力

我们该做一个简单的人，还是成为复杂的动物？这个话题的缘起，是伊丽莎白·泰勒收藏的珠宝将在北京和上海展览。她身上的复杂性在这些昂贵的东西上毕露无遗。

一

我们一边信奉做人要“简简单单就好”，一边却迷恋复杂的人。做简单的人，意味着纯净、易懂，不带有任何自我冲突，但那些具有深刻矛盾性的人却总是很有魅力：口吃的国王、胆怯的英雄、贞洁的羊脂球、悲伤的周星驰。

不谈公众人物，回想一下身边的人，你是否更喜欢那些嘻嘻哈哈的人表现出深情，或者那些严肃的人突然卖萌？

预期的落空会引起他人的注意。因而强烈的反差给人的记忆最深。无论一个男人还是女人，如果能将两种相反的特质恰当地糅合起来，很容易带来强烈的吸引力。

伊丽莎白·泰勒是以她的复杂赢得喜爱的。当代女性种种复杂和动人之处都在她身上存在。2011年她去世的时候，《纽约时报》刊发过一篇非常棒的讣闻，让人对她生命的复杂程度印象强烈。其中一点就是，伊丽莎白·泰勒给人的感受是性感、充满活力，“但骨子里她又是艳俗的，就如同她对于璀璨首饰的钟情。我知道我很庸俗，她说，然后以典型的直率回敬影迷，你说我还有什么其他办法？”

泰勒的流行，是因为她将许多属性——美貌、肤浅、严肃、放荡、高贵和庸俗，都融合在一起。

这与赫本和梦露形成了很鲜明的对比。有时候我把这三个各有很多拥趸的前代女星放在一起看，觉得非常有趣。赫本是黑白色的，从头到尾都是典雅的；梦露是粉红色的，也几乎从头到尾都是。她们在保持形象的一致性上都做到了极端。

酒、肉和性都是临时的，但三里屯并不担负伟大的使命。

《三里屯碎片》 困困 世相 375 期

泰勒与她们都不同。某种程度上，她的魅力来自“无法简单描述”。

假如你在思考自己该成为一个什么样的女人，也许可以借鉴其中的奥秘。这些混杂的特性构成了她的独特吸引力，像她的一个好朋友在她死后说的：“飞机、火车都为伊丽莎白·泰勒停止，但公众依然不了解她究竟是怎样的人。”

二

复杂性存在于泰勒的公众形象和个人生活里。她在两部奥斯卡作品中，一部饰演了荡妇和尤物，一部饰演了严肃的文学家。在《郎心如铁》里，她冷若冰霜、高高在上，但开始她可是被称作“所有美国男人都可以追的女孩”。

在生活中，她既是“最完美的女人”，同时对私生活的追求充满着自行其是和不管不顾。由于她的私生活丑闻，她被梵蒂冈公开谴责过。但《纽约时报》的讣闻说，“在看似羞耻的丑闻背后是一个有清晰道德观的女人：她只是习惯于嫁给自己爱的人”。

她和理查德·伯顿的婚姻就是这种道德观的证据。两人为了在一起，同时抛弃了自己的婚姻。这在当时招致巨大的非议。

伯顿深知泰勒的复杂一面，但是依然深爱着她。他曾经对泰勒说：“只要送你礼物，不管是十块钱的小发卡，还是一万块的项链，你都会开心。但我还是喜欢送你珠宝，只因为我喜欢看你那一刹那惊喜的表情。”

婚礼上，伯顿送给泰勒的正是宝格丽的宝石，在当时，这些醒目的礼物让反对者五味杂陈。他们曾经一同光顾康多堤大道上的宝格丽旗舰店，“每当伯顿拿起一件珠宝，他都会看看泰勒有何反应”。

但当时间慢慢过去，当他们痛苦又甜蜜的关系逐渐成为报纸和网站的佳话，她又对一个记者聊起她的多次婚姻：“我不知道，亲爱的。它肯定把我压垮了。”

她总是前后矛盾，但这是她魅力的最大来源。

三

在泰勒身上，混杂着现代女性身上一些看上去难以并存的特点。

对美丽外表的追求，对良好职业的追求，对世俗欲望的追求，对精神生活的追求。

泰勒最终矛盾而复杂地制造了自己的流行。她证明，女人可以（或许也应当）让自己变得复杂起来。也就是说，可以同时追求性感和纯洁，可以同时保持事业的投入以及私生活的热切。

为什么不可以呢？反差带来的错愕感往往是魅力的来源。矛盾感是美的源头，当一个人的身上存在着突如其来的转折，就会让人充满未知的期待。

不要轻易将某种魅力拒之门外。尤其不要因为他人的称赞而这么做。许多称赞无形中束缚着一个女人。当人们反复提到她文静时，她应该提醒自己不时欢闹起来；如果人们的言谈总是集中在“端庄”上，那么我想这反倒提醒她可以增加自己的性感度。

不要让自己变成一个一览无余的人。为保持某种被称赞的特质而抛弃其他个人魅力是不划算的。就像泰勒的好友说的那样：“那些诅咒她的人，其实希望拥有她那样的人生。”

以上所有表述同样适用于男人。在被一万个人称赞了“善良”之后，我意识到自己的形象开始变得单一起来了，我忍不住会开些过分的玩笑。前几天我看了一张卓别林的悲伤的照片，那一刻我忽然觉得他格外迷人——这是一个复杂的人才能带来的魅力。

你的外表是否衬得上你的灵魂

关于“外表”的话题总是格外敏感。它可能一不小心就从诚恳的建议坠入歧视之中。因而需要澄清，当我说到“你需要更好的外表”时，我说的并不是“长相”这种无法选择、先天赐予的东西，而是那些可以后天改变的东西，是化妆术、身材控制、衣着、表情培训、演讲技巧、温暖的笑容等可以在天生基础上进行的增益，这是一些无须抱怨命运、能抓在自己手里的东西。

为什么美好的灵魂也需要一个相衬的外表？因为灵魂往往无法直接了解。现实是，精神上的共鸣极难获得，一个拥有美好的内在的人不该消极地抱怨无人理解，而应主动为他人提供进入自己的通道。

这个规律在人类社会的各个领域都适用。无论人还是物，外在的

让人认可的气质永远是自己遵从内心喜欢并长期坚持的结果。

世相 180 期

漂亮既是内在华丽的外部延伸，同时也可以增添内在的华丽。在一个成熟和充分竞争的世界，他人很难忍受你一塌糊涂的外表去摸索你的内在是多么可爱与高明。

尽管人类对任何类型的先天因素导致的歧视充满厌恶，并且进行了法律、道德上的努力，人类社会一直没能修正容貌在事实上造成的不公。因而，理性的方式是一方面继续与这种不公对抗，另一方面避免自己受到伤害。

追求容貌之外的属性如才华、品性、勤奋、财富等后天因素可以部分弥补这种不公。同时，努力修饰自己，在自己外表的可控部分尽可能做好，也是明智的。外在美并不特指先天容貌，也是指人们在经过后天努力在自己容貌基础上构建的外表。

孤独而高贵的灵魂也很动人，但如果可以选择，我宁愿高贵的灵魂都不孤独。外在的美绝大多数时候不会与内在的美产生冲突。一个有深刻内在审美的人只要愿意，通常不难表现出外在的吸引力。在这个前提下，我仍然想引用世相读者 Nick Chennn 在后台的一句话："以貌取人是对的，外在是最外面的内在。"

对外表的修饰也有助于增进内心世界的完整。比方说，讲究衣服的料子之所以重要，部分是因为亚麻和丝绸的不同触觉能带来不同的心理活动。粗糙感提醒人克制而警醒，冰凉滑腻则让人放纵而满足。我们对身体在环境中的状态有一种时刻不停的意识，这意识进而转化为自己与外界交流的基础。因而，即便不是为了他人的眼光，我们也应该注意姿态和穿着。人们也许不能观察自己的皮肤和衣服，但它们是日常内心状态隐形但持久的基础。它时时在潜意识里让我们更自信或更羞怯。

这段话写给那些珍惜自己的内心世界，经常哀叹“我这么好，为什么却没有人喜欢我”的人。我们都该意识到只有心灵美的局限性。生活理想高于一切，而生活理想的达成意味着需要接受生活的规则。人们花太多时间去担心自己的灵魂衬不上自己的外表了。而你的外表也应该衬得上你的灵魂。否则不是别人，你自己就先把灵魂辜负了。

穿什么为何如此重要

一

时尚作者唐霜为《GQ》写的最新一篇专栏，里头说到她在机场环顾之后的发现：土气的发型、微凸的肚皮，毫不讲究的尼龙包、随意堆搭的过长的裤脚和过时的皮鞋。

我意识到这是我毕业十年后始终保持的形象。很多年里，我的裤脚都因为过长而被鞋子踩烂。很长时间里我根本不知道裤脚这件事的存在。更大的问题是，当我过去一年里试图稍作改变，学着穿戴，尽管仍然算不得讲究，只是把裤腿收短、把肚子变平，我就收到了不少暧昧的、半开玩笑但也半认真的调侃。

我们对男人“穿戴”这件事一直怀着集体性的窃窃私语。以至于《GQ》的同事们在为新一期杂志制作标题时，用了《直男也爱美》。在社会层面上，直男爱美仍然是件稀罕的事。这种（疑似）从北方乡村文化里面长出来的对男士外表的观点，已经成为文化基因了。

中国的企业家圈子里，这样的问题也很大。有一次，我听M小姐和L先生说起中国那些大企业家们的扮相，一边听，一边想起那些不合身的西装。

有时候我甚至恶意地揣度，在中国，穿着不讲究是一种最大的傲慢。这种傲慢就是，当一个人的财富和地位达到某种程度时，他们将随意甚至有意唐突的穿着视作某种骄傲——通过违反公共礼仪来表达自己的优越感。在这一点上，我一直很喜欢张朝阳，我觉得他对自我形象的注重是一种不安的谦逊，这和我对他这个人的印象一致。

二

当然很多人不同意我的看法。有些说法我是赞同的。比如，我的一位洞悉世理的同学回复我说，这是一种“规矩”。在中国，很多场合下穿着意味着“我是同类”。比如在官场，当所有人都穿着白衬衣时，穿一件浅蓝色衬衣就是不规矩的。再比如一年前我请《博客天下》杂志的记者去采访官场穿戴礼仪，一位很有修养的区县女官员说，做官以后她就一定要穿肉色的尼龙短丝袜。

另一种说法则需要商讨。最常被拿来举例的是乔布斯。他的牛仔裤成为全世界互联网圈子里的一时之秀。这里就引出了一个问题。乔布斯的形象究竟是一种傲慢还是一种经过思考的选择？如果是经过设计的一种“自由、互联网、反对保守文化”的形象，那么所有模仿者自身是否也贴合这个形象？

无论是遵循规矩以保护利益还是精心设计的散漫，都可以理解。问题在于穿着是否有“理由”。大多数人的穿着灾难其实并没有理由，不是经过思考和设计的行为，只是无意的忽视罢了。

三

穿着为什么重要？提到这个话题是因为我正在看《放任自流的时光——1960年代的格林威治村，我与鲍勃·迪伦》这本书。里面一段话我引用在下面，它非常精确地描述了物质作为精神生活基础的重要性。

书的作者苏西是鲍勃·迪伦的前女友，她在迪伦 20 岁的时候认识他，并且一同度过了出名之前的若干时光。她写道：

朗克曾对鲍勃说，作为一个民谣歌手，应当打造一个属于自己的标志性形象。这话或许说者无意，但鲍勃听者有心。形象至关重要——民谣音乐吸引了一代人，民谣歌手必须做好表率，这其中包括扮相——要真是要酷，还要传递出讯号。同今天音乐工业的高度商业化和犬儒主义相比，这种态度似乎显得有些单纯幼稚，但在那时，他们勇敢、地下、革命的姿态首先得通过形象去标榜。当时的他们和一代反文化青年一样，坚信时代一定会变，并相信自己能够改变观念、政治以及社会秩序。

所以，你看，“优秀的穿着”未必非得是时尚或者入时的。扮酷、刻板甚至邋遢都不重要，关键在于，这种形象是否经过深入的思考，是否依据自己的身份、精神世界来选择了恰当的扮相上的表达。如果一个人视自己为潮流的参与者和推动者，珍视自己的身份、精神和思想，那他实在没有理由放弃“形象”这个重要的标榜。即使只想踏实地生活，也应该为自己在他人心中建立一个准确的形象。

有用的性感

出版人亨利·卢斯为美国图片杂志《LIFE》写过一份企划书，类似于他用来向投资人说明杂志定位、市场环境的说明性文章。它的非凡之处是，克服了功用因素和抒情这种审美因素之间长久存在的冲突，写成了一篇既清晰又漂亮的文章。

起码在看过那么多企划书之后，亨利·卢斯的这份企划书是接近理想形态的。它将功能性语言写得起伏而性感，而不是在讲了一堆漂亮话后，一说到实在东西就变得枯燥起来。

功用和审美之间存在持久而甜蜜的矛盾。审美自然是功用的一种，正如设计是一切人造物的根基，审美也是一切人造物的根基。设计是世界存在的前提。造物的过程是设计的过程，任何生活工具均是追求功用与美观的结果，这种追求，笼统来说，便是设计的追求。

但审美与解决具体困苦、改造社会之间的矛盾难以调和。理想主义者相信事物可以既“有用”又好看，可现实情况下，为了其中一样，经常得损害另一样。

无论是一篇文章还是一台收音机，人造出的产品一直面对实用性和美感间的此消彼长。无奈感笼罩历史，一样东西要么为了易用而不得不接收或多或少的丑陋，要么为了美感而放弃实际之用。一种常见但不完美的解决方法是在产品内核完成之后，在它外面增加非实用的、纯粹的包装，我们所见到的撕开后即失效的礼品盒、添加在会议提纲前头的热情洋溢的开场词、房屋框架之外的檐牙和雕梁画栋都属于此类，这类努力是人类世界上目前产品美感的最主要来源——想想所有你手边的产品，它的美丽外表几乎都是独立于实用而存在的——这种美并未渗入实用的实体之内，而是包装在实体之外的，如同那些在丑陋的课本之外包上彩纸书皮的小学生的努力，虽然也让视觉愉悦起来，但它与书本无关，是隔离在书本之外的。

也有一些少见的努力，并非在丑陋的实用结构之外掩盖上漂亮外表，而是将实用的结构尽力美化，这样的努力下，美感钻进了产品的骨头里，一本书的书封既是合用的，又是漂亮的。但真正做到这一点的真是屈指可数，在功能性写作上——比如新闻写作中著名的“非虚构写作”上，总有许多让文章变漂亮的内容是没有用的。现代主义设计意识到这个问题并且着手在建筑领域做了些努力。为了解决这个问题，一些文化——如日本文化——中也出现了将实用本身定义为美的令人尊敬的努力，也成为不小的潮流，但我觉得这总有些偷懒的意味。

当然，非实用的美同样有极高价值。我们之所以追求美和功能的统一，并不是反对无用的美，而是为了避免在美和功能之间必须痛苦地选择一样。如果所有美感都来自对功能结构本身的美化，而不是完成功能结构之后想方设法加一个美丽的套子，这个世界会好得多。

扮演成整天自我矮化的人到底是一种什么体验

这篇文章源于三个月前我的一个奇怪实验：花一个月时间在某个微信群扮演不同人格。我的目的是了解这个人格到底怎样想。因为我当时坚信，要想了解某个人群，了解“人性”，就得像那个人群一样想问题。

我先是扮演了不讲理人格、90后二次元人格等。我发现不讲理人格太容易，而且太消耗人。90后二次元人格太难了，尽管我把发型换成了鸡冠头，添加了一大堆奇怪的表情（包括一个呼天抢地见人喊爸爸的），还是入不了戏。

第三个人格是自我矮化型人格。这下子我立刻入戏了。

此前，在这个群里，我的基本表现就是：有事儿说事儿；交换信息；严肃讨论。但一旦看到自己名字后面的“自我矮化型人格”这个备注，我就变了。

比如说，在群里说句话有时候会冷场，过去可能有点尴尬地闭嘴了，但现在不会，现在会打个撇嘴的表情，然后继续哀叹自己果然人缘差，没有什么人搭理，从小不受重视，觉得人生一败涂地，没有什么是顺利的，看不到前途……这样一串下来，会有很多好心人跳出来，有的安慰，有的调侃逗气氛，有的发“抱抱”的表情。

再比如说，说一句话被人反驳了，或者被人调侃了，以前会辩论，严肃地争几句就觉得无趣，或者挖空心思嘲讽回去；现在不用了，现在，自我矮化的身份让我习惯性自嘲和自艾自怨。别人开玩笑调侃，我就特别认真地接过话茬开始自己嘲讽自己，从嘲讽变成抨击，最后变成践踏，基本上最后又回到了“觉得人生一败涂地，没有什么是顺利的，看不到前途……”这一套。果然，争论的和调侃的都说不下去了，面子薄的必须反过来安慰你。

还有，现在可以堂而皇之地在别人谈论到某个成功的人时发一个“呵呵”，这种“呵呵”可不是表达轻蔑，而是表现出强烈的自嘲，或者一种颇有自知之明的退缩。呵呵，好羡慕，我是永远比不过人家的。没有人能受住我这一招的。基本上，那些明知道我是在角色扮演的人也会立马闭嘴。

最可怕的是，一个月过后，我发现，一旦开始进入自我矮化的角色，开始自己还觉得挺有趣，一会儿就真的有些入戏，把一些平时不会说的话说出来，还搞得自己真有点伤感。

所以，满一个月，我果断地结束了角色扮演。我还真有点怕自己上瘾。你知道吗？“自我矮化”是一件让自己特别有快感的事。越是拼命地抨击自己，贬损自己，心里就越感到某种踏实、快乐、缓释。

对自己的正面评价是一个人给自己施加的最大的压力。认为自己事业有成的人心里往往害怕自己失败，认为自己好看的人往往怕自己变丑。但是一旦你更改成自我矮化，你就会把那些逼迫自己不断努力的因素全部扔掉。

这大概就是一些人反复对着你说自己很差的时候，你怎么安慰都没有用的缘故吧。自我矮化的人不需要鼓励，鼓励会让他们反感，因为你是在将他反复扔出的压力重新还给他。

如果一个人长期处于自我矮化的情境里，那么他大概是已经沉迷了。如果你也想试试人格扮演，那么要警惕自己千万别陷进去。

最后，附上我简单的一个月的实验总结：

1. 自我矮化是自我保护利器，自怨自艾后还是有很强烈的安慰感。说到最后好像自己站到了地上，焦虑感会暂时消失。

2. 比较多获得同情和回应，不再怕高冷型对话。

3. 对自我矮化型人格，直接鼓励与安慰没有用，比如“你很好啊”这种，只会引起“你不理解我感受”的急切心理。但先表达同情和感同身受是有用的，特别喜欢别人说“对我也是这样”和发个“拥抱”表情等回应。

我看清了这个被误解的时代

一

从我抵达那一刻起，巴黎的天气就在晴天和雨天之间快速切换。人们胡乱穿衣服，露着的大腿和裹着呢子大衣的身体一错而过。有时候迎着阳光走进一片屋檐，走出去的时候已经置身大雨里。还有一次，我带着晴天的喜悦走进了马卡龙发明者的公寓，走上台阶，穿过走廊，走到阳台上，却发现雨已经把窗户打得噼里啪啦直响。

这样的事情多了，很难判断巴黎的天气是没有耐心还是太有耐心。它不愿花一点时间来过渡晴天雨天，却又很耐心地不断重复这种变化。

这就是我对巴黎的印象。这个城市变得太快了，在这里你很难相信有什么东西不会过时。一家男装店的店员颇为得意地跟我推荐一套西装，说这是马上发布的新品，这时候我看了看那些刚在衣架上没待多久的西装——即将过时。

但巴黎就这样快速变化了上百年，却从来不觉得厌倦。它在这件事上表现出卓越的耐心。假如我们把巴黎多年来的表现看作一个整体，我们就会慢慢忽视那些快速的更替，而从中找到它的风格。就好比我们站在一条街上，最初只会感觉到人来人往，但最终我们会看到街道本身。所有走过的人将自己一瞬间的停留，并入这条街道的整体风貌。我们会意识到，快速流动是这条街道不变的特征。

这就是我们最可能漏掉、因而对当下生活产生误解的东西。

二

有时候，我们对一个城市和一个时代的评价，基于我们如何看待它。

不久前，我去了由经纬、真格和K2VC三家投资集团举办的“CHUANG”大会现场。据说，北京那家酒店当天会集了几百个创业公司的创始人。临近夜晚，草坪上挤满了人，做煎饼的创业者和做机器人的创业者站在一起，很容易不小心踩到一位创业者的脚。

密集的创业人群,让我前所未有地感受到“创业潮”这个词的含义。每天都有人入场，每天又有人失败。新公司快速注册，快速膨胀，快速死亡。紧盯着这些快速的兴衰，很容易理解许多人为什么觉得这个时代太疯狂。

没错，如果你关注某一个创业者，看着有人成功有人失败，看着这个过程如此迅速，你会觉得创业是一件很匆忙的事。你也会觉得这是个迷失的世界。

但是，在“CHUANG”大会现场，当那么多创业者会聚在一起，我有机会将他们作为一个整体去理解。我觉得嗅到了创业时代本身的气质。那种气质跟每个创业者关系并不大——他们就像街道上来来往往的行人，将自己短暂的起落并入这股洪流，但这股洪流本身不被每个人更改，它与欲望、野心和梦想都有关系，但我们无法用描述个体的投机、盲目和冲动来描述它。它很有耐心地重复着起起落落的过程，并以此延续自身的流淌。

这也正是我在巴黎看到的东西。

三

我来巴黎的这几天，马爹利三百年庆祝活动达到高潮。它在凡尔赛宫举办了一个宴会，我是几百个参加者之一。

站在凡尔赛宫的夜晚，看着很多年没有被一场宴会打扰过的宫殿里突然出现穿戴新潮、觥筹交错的客人，展示着炫目的新媒体电子技术，那种感觉很特别。当一个沉默已久的宫殿突然被惊醒，这种反差格外能让人意识到它多么稳固坚定。

这场宴会向我显露了巴黎这个城市被掩盖的特征。这天晚上，我不时想起曾在凡尔赛宫宴请群臣的法国国王们，包括悲惨死去的路易十六。如果我们将目光投向那一刻的巴黎，我们也会惊叹于它的善变。权力像发型一样快速更迭，昨天的宠臣今天被砍头，然后新的革命者明天会将旧的刽子手送上断头台。巴黎真的从未改变过它变化的速度。但如今，站在一百多年后思考过去，就不难发现巴黎那些总归不变的东西，那就是它的变化速度本身。

几百年来，凡尔赛宫沉默地注视着快速变化的巴黎。它是一个象征，是巴黎不变的那部分精神的象征。它就像我在“CHUANG”大会上收到的那个银质的独角兽徽章。我听说，在创业圈子里，独角兽一直代表着“意料之外的突然成功”。过去这么多年，从硅谷到中国，创业潮几起几伏，但独角兽所象征的那种对财富、成功和个人价值的追求，却一直没有消失。

四

快速变化的时代，我们往往只有很短的时间可以相逢。我们来不及了解一个陌生人，这是我们爱上他的理由，也是我们离开他的理由。

但如果你是坐在橱窗里，看着窗外的街道上在几分钟里发生的成百上千次相遇和遗忘，你会更了解这个时代的动人之处。是的，两个人的故事太短暂了。但当你以观察者的身份纵览这些故事，你会意识到，每个人都对整个时代的走向无能为力，但每个短暂的故事，都最终以微小的力量参与到我们时代的表现中。你会意识到爱情还在持续不断地发生。

想想创业潮，想想巴黎，想想正从你身旁路过的人。

我总仰仗陌生人的善意

一

电影《欲望号街车》里讲了一个让人噘着嘴的故事。

故事是这样的，一个有风韵但心怀期待的女人，为躲避不光彩的往事逃进城里，她与人相爱，因为往事败露而失去了爱人，被强奸，最后被送进精神病院。她哀求陌生帅气的男医生不要捆绑自己，那位医生同意了。剧本里是这样写的：

他温和地拉她起来，用胳膊扶着她，领她穿过帘子。白兰琪（紧紧抓住他的胳膊）：不管你是谁，我总仰仗陌生人的善意。

在经历了所有最可怕事情之后，来自陌生人的善意其实并未让她的人生有多大改观。她仍将被捆绑，被凌辱，被遗忘。她失去了她所期待能得到的所有生活可能，但她却用最大的力气感谢那种善意。

善意总是在我们身边的，但我们只在自己需要时才格外强烈地感受到它。更多时候,我们可能只是礼貌而冷淡地将它忽视了。想到这里，我忍不住对那些被忽视的善意感到抱歉，并且收起了某一瞬间差点流露出来的自怨自艾。

二

关于善意的这句话，最初是一位世相的读者向我推荐的。昨天，另一位读者回复我说：“是因为陌生人的善意不掺杂任何与利益和好恶有关的情绪吗？”

还真的是这样。善意若来自熟识的人，往往因为她的身份而失去分量。我们什么时候会真那么在乎父母的一个微笑呢？或者，我们什么时候又真的因为一个逢迎的帮助而感到温暖了？

再往下想，熟人的善意还会带来负担。善意往往需要偿还，这是一件人们也许不愿意承认，但每天都在发生的事。这句话说得好像残酷了些，但是认清它还是有必要的：我们不但互赠礼物，还互赠笑容，互赠鼓励，互赠陪伴。你无法做一个只收取不回馈的人，你当然也不要自信地认为，你能当一个只赠予不索求的人。

并不是说来自熟人的善意不值得重视，而是说，大多数时候，我们因为对一个人的在乎和关心而无法倚仗他（她）。在乎和关心意味着你需要成为一个被倚仗的人，你需要强大并成为支柱。

但陌生人的善意，因为缺少熟人之间的关系延续性，一方面显得轻微，一方面却让人看重，因为那是一种可以被逻辑支撑的纯粹的善意，并且它无须偿还，无须像某些熟人的善意那样，必须被隆重对待。

村上春树的小说《挪威的森林》最开头那一段，不知道你们是否读过，或是否有印象。它讲的就是那些可以坦然接受，无须回馈也不带来压力的“陌生人的善意”。

37 岁的我端坐在波音 747 客机上。庞大的机体穿过厚重的夹雨云层，俯身向汉堡机场降落。11 月砭人肌肤的冷雨，将大地涂得一片阴沉。使得身披雨衣的地勤工、呆然垂向地面的候机楼上的旗子，以及 BMW

广告板等一切的一切，看上去竟同佛兰德派抑郁画幅的背景一样。罢了罢了，又是德国，我想。

飞机刚一着陆，禁烟字样的显示牌倏然消失，天花板扩音器中低声传出背景音乐，那是一个管弦乐队自鸣得意演奏的甲壳虫乐队的《挪威的森林》。那旋律一如往日地使我难以自已。不，比往日还要强烈地摇撼着我的身心。

为了不使头脑涨裂，我弯下腰，双手捂脸，一动不动。很快，一位德国空中小姐走来，用英语问我是不是不大舒服。我答说不要紧，只是有点晕。

“真的不要紧？”“不要紧的，谢谢。”我说。她于是莞尔一笑，转身走开。音乐变成彼利·乔的曲子。我仰起脸，忘着北海上空阴沉沉的云层，浮想联翩。我想起自己在过去人生旅途中失却的许多东西——蹉跎的岁月，死去或离去的人们，无可追回的懊悔。

机身完全停稳后，旅客解开安全带，从行李架中取出皮包和上衣等物。而我，仿佛依然置身于那片草地之中，呼吸着草的芬芳，感受着风的轻柔，谛听着鸟的鸣啭。那是1969年的秋天，我快满20岁的时候。

那位空姐又走了过来,在我身边坐下,问我是否需要帮助。“可以了,谢谢。只是有点伤感。”我微笑着说道。

“这在我也是常有的,很能理解您。”说罢,她低下头,欠身离座,转给我一张楚楚动人的笑脸,“祝您旅行愉快,再会!”

三

这就是为何我们真的无比仰仗陌生人的些微善意。在我们必须独自面对一个又一个艰难关口的生活里,许多陌生人的善意能拯救我们,或起码能让我们鼓起往前走的力量。

只是你要清楚,这些善意并不能改变生活本身,它们只提供辅助。

还是在《欲望号街车》剧本最开始,有一个我印象特别深的细节。白兰琪下了车,来到城市,灰暗的过去在身边消退,一切迷人的生活似乎都即将展开。剧本里对她那种愉快的描写让人记忆深刻:

白兰琪提着一只旅行包从街角走出来。她看看拿着的纸条，望望楼房，接着又看看纸条，再望望楼房。她露出惊愕不相信的神情。她的衣着和这个环境很不协调。她穿着一身讲究的白色衫裙，束着一条柔软的腰带，戴着项链，珍珠耳环，白手套和帽子，看来就像是来花园区参加夏季茶会或鸡尾酒会似的。她比斯蒂拉大五岁左右。她娇弱的美容必须避开强烈的光线。她那迟疑的举止和一身白色的衫裙，多少使人联想起一只白飞蛾。

这时候，她遇到了那种随处可见的“陌生人的善意”。一个男人关心地问她：怎么啦，亲爱的？你迷路了吗？

白兰琪“稍带几分歇斯底里的幽默”说：他们叫我坐欲望号街车……

她哪里知道后面还有什么在等着呢？

做一些让自己觉得激动的事情

去年过年，《霍比特人 2》上映不久，我们一起听了《孤山之歌》，决心穿越迷雾孤山，抵达黄金宝藏的龙穴。现在，《霍比特人 3》已经下线了。这件事说明，再美好的冒险总归有个结局。生活最终会回到地下的树洞里，喝蜂蜜酒，吃烤龙虾，醉醺醺地跳舞，看着地图想象远方。

在霍比特人揣着魔戒快乐生活的那几十年里，一场新的冒险正在暗处潜伏。还有迷雾要穿越，还有妖兽要斩杀，还有牺牲和离别在前面等着。还有功业可以创造。

总体来看，我们正在奔向一个越来越奇幻的年代。奇幻年代的痛苦是前所未闻的，抑郁、焦虑和迷惘正像童话书里的黑暗年代一样笼

我生活的时代有时就是这样，离最好只差一点点也不行。

《纽约》 作者：乔治·路易斯　翻译：高志宏、徐智明　世相 378 期

罩着我们，魔鬼夺走人的心性时，也无非是他们盲目而贪婪。

但奇幻年代的希望也无比清晰，对世界、对自己，我们是越来越清楚了，不再借助炼金术和占星术，而是借助科学与逻辑学的勃兴，借助一些商业巨头、科学天才以及整个商业社会的努力；也越来越具有掌控力和选择自由。无人驾驶的汽车、巡航的无人飞机都进入日用，更不用说互联网上实现的人和人的自由链接了。

更重要的是，奇幻年代最重要的是可以狂想，每个人都欢快地追求自我，释放自我，没有过去的负担和未来的重压，在实现当下的过程中完成过去和未来。最重要的是这一刻，最重要的是不放弃。不做潮水而做河床，并不是远离潮水，相反，正是清晰地知道每一次潮水的来往，河床正是因为应对每一次潮水才形成的。

我曾经非常赞成保守主义者对世界快速发展提出的警示。他们是潮流之中提醒人们克制、谨慎和避免因为跑得太快而忽略细节的力量。但这么多年过去，我发现更好的选择仍然是做一个有保守精神的进取者。清楚危险所在，但要往前走。

一起奔向一个奇幻年代吧。做一些让自己觉得激动的事情。

坎 普

要谈论审美这个话题，那么“坎普”（英文 Camp）就很难绕过去。但我迟迟不愿意谈及这个复杂的词语，这个复杂的审美风格，因为它太难清楚解释。但那些希望了解现实生活中许多审美现象的人必须知道它的存在，因为我们身边许多事物都受此影响，或者可以用它来解释。这篇文章不妨开个头，你知道“坎普”这样事物的存在，并且隐约有些体验，也许有一天，你会突然知道什么是坎普，并且意识到一个坎普的世界是多么奇妙。

坎普欣赏的是某一类人为的造作，可以出自电影、音乐、小说、表演、设计、建筑物、服饰……可以是各种仪态、行为、积习……可以是人物。

了解“坎普”，不如先从它的敌人开始。这个敌人可以简称为“现代主义”，我们可以举出它极致的代表作品，即苹果手机。苹果手机的设计深受日本禅的意趣影响，是“极简”的、功用主义的，并将这种追求推至极端的地步，它的纯色、简洁的外观，尽可能少的按钮，专注的注意力系统，都是“坎普”希望反叛的东西。

“坎普”就是反极简和反功能主义的，“坎普”追求夸张甚至无用的形式，追求感官效果，以至于追求得过了头。当你发现一样事物因为过于夸张而难以接受，但它的本意却是真诚的，并且这种真诚可能让人超越对它的嫌弃而发现美和感动，那么它说不定就是坎普。对，LADY GAGA 就是这样的例子。但凤姐不是。

坎普显然风格浓烈，但除此之外有更多要求，比如，要求这种浓烈越界至使人感到不快的地步。看起来，“坎普”是繁琐的、做作的、病态的、有破坏力的，它的确如此，但不止如此。“坎普”要求夸张、做作和矫饰都必须是认真的、真诚的，也就是说，坎普者并非为了破坏而夸张，它真诚地进行夸张，并从中看到一种非正常的、不自然的美。因此，带着戏谑态度进行的夸张和做作，比如段子，就不是坎普。但是，因为“坎普”从未被严格界定，也无法严格界定，所以它更多的是一种普遍共识，因此也无法确定明确边界，来判断什么是坎普，而什么不是。

作家陈冠中曾对“坎普”在中文语境中做过解释，未能全部成功，但也有些可以参考的内容。比如，他说：“真正坎普的人为造作，必然是认真的、卖力的、雄心勃勃的，而且最好是华丽的、夸张的、戏剧化的、充满激情的、过度铺张的，甚至匪夷所思的，但却不知是在哪里总有点走样、略有闪失、未竟全功。最好的坎普是那些未成正果的过分用心之作。故此，平庸、温吞或偷工减料的东西不会是坎普的好对象。另外，完全成功的产品也没有了坎普味道，譬如爱森斯坦的电影也很铺张，却不坎普。”

“纯粹的坎普是天真的，它们并不知道自己是属于坎普，它们都是一本正经的。新艺术风格的工匠在制造一座蛇雕纹的台灯时并没有想到坎普，他们只想做好一台可以取悦人的灯。”

“坎普的风格是过度的风格。坎普是‘一个女人穿着三百万支羽毛做成的衣服到处走’。”

“坎普只有在富裕社会才出现，是这个没有贵族的年代的品位贵族姿态。”

“桑塔格指出：高雅艺术是基本上关乎道德的；前卫艺术则通过极

端状态去探讨美与道德之间的张力；第三类艺术——坎普——则全然是审美的感觉，即风格在内容之上、审美在道德之上、反讽在悲剧之上。”

之所以提及苏珊·桑塔格，是因为她的《坎普》一书，最初发现并定义了坎普的存在。但在那本书里，她同样无法让人完全理解坎普是什么，最后不得不用部分列举的方法帮助理解。陈冠中也举了些例子，他举的坎普风格的人或行为包括——北京长安街上和往机场路上的一些单位的巨型建筑，如绿色小屋顶的国旅大厦；上海怀旧美女月份牌；旧鸦片烟床做装饰家具；把自己稚龄儿子的头发剪得像年画里的小孩；香港老世家第二代周启邦夫妇的粉红色劳斯莱斯和金色马桶；上年纪的上海夫妇，穿起端正西服，毕恭毕敬去看通俗舞台演出；靳羽西本人的发型和面部化妆；武侠小说里的怪异女高手如李莫愁、灭绝师太、梅师；王安忆《长恨歌》的第一节，即建国前的那段故事，文字与情节的对仗与华丽，像百老汇剧。

最终你可能仍然无法理解什么是坎普，但你的确知道了某些东西是“坎普”的，某些人和做派是“坎普”的。在长久的生活经验中，你不妨反复问自己，什么是坎普的，什么不是？比如，安妮宝贝式的华丽文字是不是坎普的，因为它很多时候不为内容服务，且破坏了风格的完美，但它的确经常给人带来纯粹的感官享受。

“坎普”对我们共同的价值在于通过极端化尝试探索一个华丽世界的边界；而“坎普”对我的价值则在于，那些对美追求得真诚而过度用力的地方，难堪之后总有感动存在。

Chapter 4

你有偶尔对世界说去他妈的权利

这两年你过得好不好，你已经改变了多少

一个人还在成长的证据，是每次过很短时间（比如两年）回头看自己，会发现当时的自己幼稚、含混，充斥着误判，甚至为当时的举动觉得尴尬。

当抵达一定年纪，成长会突然前所未有地变成一个坏词。相比之下，成年人的世界更需要恒定的标准，需要你对一件事情言之凿凿，认准方向绝不回头，需要坚定而不移动的判断，这让人觉得可靠、踏实,那种自信和带有喜剧感的执着让人着迷。但成长则意味着不断调整、否定自己，甚至突然折向相反的方向。成长是改变自我而不是进一步确认自我。

到我这个年纪还在成长的感觉，经常是令人沮丧的而不是欣喜的。

因此我一直希望自己已经极为成熟而坚定，认准了的事情就不会更改。（那些成功者看上去都是这样酷，对吗？）但每过一两年回头看自己，却总会发现离那个时候又变了很多，成长自然是比那个时候变好了很多，但仅仅是变化这件事本身就足够吓人了。两年前的深夜，当我打开网页敲入“世相”这个名字时，我清醒地知道自己在做什么事，要影响什么人，要跟人们说什么话。如今我觉得那时候的想法已经很遥远了。

看那时候的用词是幼稚的，那时候相信的未来是狭窄的，那时候的坚持是不牢靠的。这两年的过程是一个不断改变的过程。许多人会认为改变让人遗憾甚至失望，因为改变意味着你曾经大声说出的观点，如今你又要大声地否定。那些热爱你的坚定的人会感到被甩开了：很多人都有过这样的感受，无论是在工作中还是在人与人的关系中，你踩出了一个步调，靠自己的魅力吸引了他人，他们开始踩上你的节奏，与你形成了共鸣，突然有一天，你变了。

就像一个背信者那样。变化招致质疑，更招致控诉。在刚开始做世相的时候，我曾经偏执地强调浓烈的风格，如今，我开始稀释风格，使它可以吸引更多人。我花了很长时间才克服因为这种改变而导致的内心的内疚感。

意识到仍在成长不是坏事，既是因为广泛阅读中看到的各种故事，也是由于为了克服这种“变化”之后的内疚而进行的思考。最后我相信，那些令人动容的“不变”，往往是由无数次变化组成的。

网页设计师Ruby说：“当你停止创造，你的才能就不再重要，剩下的只有品位。品位会排斥其他人，让你变得更狭隘。所以，要创造。”

或者说，要成长，要改变。

我仔细分析了自己改变过程中的每一次心理感受。就像一个很多人都玩过的“仓鼠球”游戏，你需要小心地转动圆盘，使玻璃球乖乖地沿着某个方向前进，不掉入陷阱，又不进入错误的通道，直到它叮的一声击中目标。

击中目标的感觉，人一生中都会有那么几回。但因为很少，每一次都让人印象深刻，有时候是完满地完成了目标。站上IPO现场的创始人和被法官判无罪的被告都会叮一下，但也不一定非得那么重大。在《疯狂的石头》里，当石头物归原主，杀手被捕，老包站在厕所里终于尿了出来，我相信那一刻他脑子里“叮”了一声。有一年回家，我吃到了一盘用酱油和花生油熬出锅巴的土豆，佐了一点香菜，那一次我也听到了“叮”的一声。

在做世相的时候，我仍然在等待最终的“叮”的一声。在那之前，我会不断地转动圆盘，不顾一切挽留或催促。我相信那些对的人会耐心地一起等待。

谢谢这两年中的各种陪伴。这两年你们过得好吗，有哪些成长吗？你们也在等着人生里那“叮”的一声吗？

你偶尔该对这个世界说“去他妈的”

大多数人沉沦在被他人裹挟和逼迫的境地，痛苦而小心翼翼地随着外界标尺数字调整状态，天性被装进不宽敞的笼子，对外界妥协，自我被挤压。

前几天，读到“学会偶尔对这个世界说去他妈的，你有权这么做”时，很多人在微信后台叫好。但并不建议人们都扔掉谨严的生活状态，与世界决裂。积极地追求世俗生活是绝对重要的，陷入极端自我主义中也是一种癫狂。只有当自我被挤压到绝境，“去他妈的”才是一次冒险的自救。它并非为了摧毁外界，而是通过巨大的反击来将外界推回正常位置。释放和放纵之间是有区别的。只有当放纵是一种释放的手段而不是目的时，放纵才应当被偶尔提倡。

你到了需要通过一次放纵来获得释放的时刻吗？

我们把自由想得太美好，以至于它永远无法抵达。

世相 306 期

在下雨的夜晚死而复生

一

多年前我给自己拟过一个墓志铭，至今还不想修改它。“它将在一个大雨的夜晚死而复生”。

雨是联系物。下雨建立了一种连续的、具体的联系，它从天空落下，绵延不绝，延长了皮肤的触觉，使想象力可以追溯着连贯的物质直到云层背后，就像攀着豌豆的枝蔓能抵达巨人的王国。它浇软土地，向下渗透，藏在地下的远古的黑暗的力量就更容易松动和苏醒。它给被干枯扼杀的冥想以具体的暗示，给神秘主义以理由和借口。由于使原本分散的广阔世界被同一种有形的潮湿气氛和细碎声调所连接、定义，雨天抹杀距离感，让人格外容易想到遥远之地。

二

京韵大鼓《剑阁闻铃》的唱词很好，讲的就是雨带来的联系。里面讲唐玄宗逃至马嵬驿,雨夜宿剑阁听见房檐下的铃声,借着雨的连接,想起了死去的妃子。

剑阁中有怀不寐的唐天子，听窗外连连的叮当声。忙问道："外面的声音却是何物也？"高力士奏："林中雨点和檐下金铃。"这君王一闻此言，长吁短叹……说："正是断肠人听断肠声啊！（唱）似这般不作美的铃声，不作美的雨呀。怎当我割不断的相思，割不断的情。洒窗棂点点敲人心欲碎,摇落木声声使我梦难成。当啷啷惊魂响自檐前起,冰凉凉彻骨寒从被底生。"

……

三

下雨提供人们思考自然和往事的线索。所谓线索，指的是结构中不断生出分支然后又回到的原点，是河的主流和葡萄架的主藤。因而人们经由一场雨的意象可以穿起若干记忆，然后回到雨水本身。最好的宋词是蒋捷写的《虞美人·听雨》，雨画成一条线，就是一个生命的过程素描。

少年听雨歌楼上，红烛昏罗帐。壮年听雨客舟中，江阔云低断雁叫西风。而今听雨僧庐下，鬓已星星也。悲欢离合总无情，一任阶前点滴到天明。

四

雨经常是一种审美的忧愁，是往日的腐尸渗往今日的汁液，是天地之间流淌的冥河。博尔赫斯的《雨》就是来自内心阴暗过去的使者：

突然间黄昏变得明亮
因为此刻正有细雨在落下
或曾经落下。下雨
无疑是在过去发生的一件事
谁听见雨落下　谁就回想起
那个时候　幸福的命运向他呈现了
一朵叫玫瑰的花
和它奇妙的　鲜红的色彩。
这蒙住了窗玻璃的细雨

必将在被遗弃的郊外
在某个不复存在的庭院里洗亮
架上的黑葡萄。潮湿的暮色
带给我一个声音　我渴望的声音
我的父亲回来了　他没有死去。

（陈东飙译）

田园生活

一

我无比怀念老家房间的窗户，一年中总有那么几天，我斜躺在窗户下面，窗外是一棵树，一个小山冈，以及远处的群山。下雨的时候声音打在瓦片上，风声清晰；傍晚的时候太阳在群山上面显得十分灰暗；夏天让人不那么愉快，但冬天，每一根残余的枝杈都带着动人的细微的颤抖。在窗户边上的时间意味着绝对的宁静，人的大脑像一个容器，当装满了急迫的愿望和焦虑时，就没有太多的多余空间让思考在其中流动。当它一下子空下来，像一个初冬的山谷一样空时，你就能听见山脚下吹起的一阵滚滚不断的风声，那风声在空旷的大脑里回旋，把一些过去的片段吹起来，又把一些记忆蒙上灰。这空荡荡的山谷，往往就是明年春天花草最漂亮的地方。

说了这么多，我是想说，你们有多久没有享受过真正的内心平静了呢？毫无挂碍，不用担心明天的事情，不用回复没有结束的工作。这不是一种软弱的空虚的抒情，假如我们选择了在城市生活并且希望更好的未来，我们就必须付出宁静的代价。哀叹宁静的消失是一种略带矫情的事，但这并不意味着宁静本身是可笑的。大多数人辛苦的目的是回到那种可靠的、被保障的平静中。我们不能在失去平静的同时失去对平静的向往，失去对平静这种事物之美的理解和记忆。那才是最可怕的事情。

我第一次知道李娟是很久之前，她生活在新疆阿勒泰，小姬去她所在的新疆兵站探访她，回来转述了李娟的自如和安稳。她的选择是我和许多同类无法做到的——她通过降低对生活的欲望来获得平静，而我们视欲望为美好生活的前提。有一个晚上，我读了她写的阿勒泰，说起来有点自私，她写的波澜，我却读到了平静，在尖锐的城市生活的映衬下，其中的波澜带着陌生的感觉，略有些压抑。我试着想了想那种生活，色彩更淡，不幸更平缓，情绪的起伏细小而连绵。读完我才意识到，我真是险些已经忘记了那种久违的宁静时刻了。

人心是不待风吹而自落的花，再温柔也都徒劳。

《徒然草》 吉田兼好 世相 294 期

二

乡村生活往往伴随着对草木的挚爱。即便身处都市，人们也对花木倾注了许多耐心，这正是对乡村生活和土地之爱的延续。

问题是，人对人的情感尚且淡漠，为何要有对草木的情感？

我理解的美好关系有两种：一种是陪伴，一种是呼应。陪伴需要完全的无碍、亲密和贴合，呼应则是在恰当距离下的关照，是既不因太近造成威胁和负担，也不因太远而淡漠疏远，恰好成为一种远处的观照，一种可以眺望的稳妥承诺，一种不用触碰的交谈。

草木提供的正是这两种美好关系。存在于身边的草木是最不会被厌弃的陪伴者，窗外的树木和远处的树丛则能给静思的人回馈最心意相通的呼应，它随时作答，却从不压迫。只要道旁有一朵花，或者拐角处有一棵树，人们通常就不用担心自己的心意落空。这是人无法提供的东西。人的情感太复杂，太多波澜，让人无从把握，常想逃避。当然，它的美丽也正在于此。

三

但也要避免陷入对某种生活的时髦追捧，而违背这种生活的本质。这个问题在现代生活中格外严峻，我们太容易陷入风潮而只在表面漂流，如同菲茨杰拉德所说的爵士年代一样，人们将性放纵、醉酒和品行不端视作那个年代的本质，这显然是使爵士精神迅速失败的重要原因。

对农村生活的诗意歌颂就带有确定的危险，即这种歌颂建立在忽略部分事实或只进行“体验式生活”的基础上。真正居住在乡村的人通常首先要面对的是肮脏、闭塞以及相当程度的保守，然后才有机会体味它的另一面，即沉甸甸的、确定而可靠的抒情生活，复古的人际关系、反都市的美景以及劳动和孤独逼迫出的沉思。

只知道后者、避而不谈前者，一定是无知或不真诚的，并且有消费主义和自我麻醉的嫌疑。当然，乡村的种种粗陋丝毫不算诋毁，因为知晓它的真相还热爱它，才算罗曼·罗兰所说的英雄主义生活。乡村生活之美是有代价的，对我而言这种代价远小于它的馈赠，但对别人未尝如此。了解它才是评判它的前提，才是知晓那种远别于寂寞的孤独之味的前提，是沉思生活的前提。

走异路，逃异地，去寻求别样的人们

一

我曾带着美好梦想进入记者这个行当，我知道旅行记者如何工作，开着车来到陌生小镇，找到杂货铺外眼睛熬瞎了的老女人或酒鬼，问他们，“告诉我镇上谁最风流”。

每个写作者都是带着别人的眼睛的旅行者，负起沉重的责任，探察世界，钻研人生，丈量叶子的厚度与人性的凉薄。有人写作只是为了内心的丰富感，而不对任何人负责，他们中的极端者如卡夫卡，甚至希望自己的文字不要见到日光。但一旦发表，被阅读，他挑选的言辞所指向的风景就不可避免会进入别人的眼睛，告诉他罪恶是什么，善如何珍贵，然后成为更多人构建自己世界的重要材料。

只为自己眼睛和灵魂准备的旅行不值得称道，愿你们带着别人的眼睛，或将自己的眼睛托付给别人，给自己寻找旅行者古老的责任感，或赠予旅行者难得的信任，以便仔细观察，听取，讲述，记录。

二

旅行时，路上的风景和建筑带来持续轻微的撞击，“一切如昨”是禁锢的，陌生的新奇则会激发思考力。但我知道我由此产生的思绪与那些栽树者或者盖房子的人想的完全不同。

我们的人生互相启发。只不过，对别人的头开枪的人，决定不了血浆溅射的方向。我们写下一句诗，在写作时脑中闪过的一丝迷糊的美感，被体现在诗句里，但它激发读者的，可能是另一种写作者不了解的审美和记忆。风景和建筑的设计者和观赏者之间、作者与读者之间，并未共享同样的审美体验，使两者相连的是某种神秘的巧合。

三

但旅行久了，远离熟悉的生活，反倒更容易看清它真正的价值。

对旅行者而言最显著的风景，不管山峰、神庙、海浪还是原野，对当地人而言是司空见惯的生活背景。风景可以压抑外乡人的痛苦烦闷，却对当地人毫无帮助。这种怪异无奈的对比揭示了旅行的荒谬感：旅行的意义，或者说其意义的幻象，由空浮的风景和遭遇构成，这些风景和遭遇是非常态的，是不持久的，是片段的，因而具有欺骗性，它貌似高于生活，其实是逃离了生活，因为生活的真正意义有赖于持续性的风景和遭遇。当景点和偶遇逐渐退隐到常态生活后面，被新奇感掩藏的琐碎之物慢慢涌现，生活才真正开始。因而当旅行结束后，旅行的抚慰作用就迅速消退。

鲁迅说，走异路，逃异地，去寻求别样的人们。逃离有时候是求生的不佳但无奈方式。当然，旅行由此创造很多非现实的浪漫。我们最终会发现，意义和抚慰存在于熟悉而不完美的周遭世界和旧风景里。

因此旅行并不能令人感到骄傲。沈亮在《为了逃避自我而旅行》一文中写道："或许真正的壮美并不存在于外部世界，而在认识自己的勇气之中。我们站在原地，就可以有更深刻的生活。"这是我对你们的祝福。

随时培养自己的不满

一

当我们满怀软弱的体谅时，我们相信自己面对的任何困惑和艰难都是巨大的。我们会忍不住自我安慰，告诉自己这些痛苦不是我们的错，因为这个糟糕的世界衬得上那么大的痛苦。我们试着去找寻别人的感同身受，试着去从整个世界的大层面上为每个人的渺小无助找理由。

勒内·夏尔说，“感谢那位不替你的遗憾操心的人吧。你是他的同类”。

我并不是带着否定的态度在批评这种软弱，在这里“软弱”更像是一个中性词，我更像是冷静地看待一种正常的合理的心理状态。因为每个人都可能如此，并且软弱者会报团取暖。这时候，所有的胆怯、自欺欺人都是有理的。我们有一点点进步，会为彼此大声欢呼，哪怕只是没有倒退，或者倒退得不多，我们也会把它称作是了不起的功绩，是对自己人生的征服。我们甚至会为没有在股市里亏太多钱而聚在一起吃烧烤。

这时候，我们像一位内向者接受采访时说的那样 ："喜欢随时坐在随时可以撤退的位置上。" 这句话是个隐语，既是指一次聚会，也是指人生状态。

二

有时候我们在承认失败的前提下适度激励自己。这种激励，可不是那种高压式的逼迫（激励经常像是逼迫，因为带来行动的压力），更像是给伤口粘上创可贴，或者涂上不带酒精的红药水，它们治愈，但不带来疼痛。

和上一种软弱的体谅不同，这种激励是要求人们坚强的。它不给我们借口，但也不会辛辣地指出我们目前人生的失败。事实上它回避了"失败"这件事的痛楚，只是说，还是得往前走。

大多数给别人的鼓励都是这样的。它力度适中，比较容易接受。本质上它还是安慰，还是带着体谅，生怕直接在伤口上涂酒精这件事带来的痛苦，以及为造成这种痛苦而产生的内疚。

我们迫切地需要这种激励。它不锋利，激起的力量会很快消散，但它在说出的那一刻的确让我们感到充实。例子就是里尔克所说的那句温暖得如同诗歌的话：

好好地忍耐，不要沮丧，你想，如果春天要来，大地就使它一点点地完成，我们所能做的最少量的工作，不会使神的生成比起大地之于春天更为艰难。

三

更加冷酷的激励，像保罗·格雷厄姆说的那样："随时培养自己的不满。"

这种要求太艰难了，人生既然已经不如意，为什么还要不断去面对这种不如意呢？人的天性是躲避伤害的，而坚强地面对自己的缺点，不时提醒自己，并且要求自己像最强壮的人一样刮骨疗毒，是不是太不体谅了？

也许是吧。这个问题是开放的，供自己选择。经历了多年的软弱的人生之后，也许会有些人继续用创可贴包扎伤口，也许会有些人觉得厌烦了那种软弱的体谅和维持现状的温暖。

然后逼着自己用酒精洗自己的伤口。

我们把自由想得太美好，以至于它永远无法抵达

一

脱离定义去空谈标签，会把人生导向奇怪的地方。比如“自由”这个词，那些深感被各种现实束缚的人在呼喊自由时，往往并不具体指出哪一样束缚需被解除，从而获得那个领域的自由，比如“财务自由”；相反，他们往往把自由想象成一种终极救赎，只要抵达，就可解决一切烦恼。

然而他们又并不清晰地知道这希望中的自由究竟是什么。这样的“自由”没有概念，没有界定，感性而不是理智地运转，结果渴望自由的人也不知道它到底在哪里。对自由的无望的渴求令人沮丧绝望，他们却不知道这绝望是因为他们渴求着一种无法实现的东西。

可以消灭所有不快的“自由”是种痴心妄想。自由是指不受到某种束缚，因而我们往往首先要界定束缚，然后才界定自由。然而，许多人并不知道自己究竟被什么束缚，甚至他们认为束缚自己的是人必须面对、接纳、消化的东西。这种时候，他们把自由寄托在一些自我无法企及的人或物上面，这更增加了自由的绝望之美和命运感的烦恼。萧红说：“黄瓜愿意开一个黄花，就开一个黄花，愿意结一个黄瓜，就结一个黄瓜。若都不愿意，就是一个黄瓜也不结，一朵花也不开，也没有人问它。”其实并非如此，黄瓜若不开花结果，人就不会种植它，会将它除去。它哪里是自由的呢？何况，如果完全自由的代价是过野草一样的生活，那么人如何去追求呢？一旦以不切实际的抒情来指导人生，人生就危险得很。

电影《黄金时代》很真切地指出了萧红的一种悲哀，她追求的是一种无法实现的自由，她在追求这种自由的过程中为了打破束缚，而打破了许多原本是保证生活顺利因而加在我们身上的捆缚的东西。我们把自由想得太美好，以至于它永远无法抵达。

二

相反，认清“自由”本身的局限，接受生命必定会受到某一种东西束缚的现实，有益于我们的生活。

越成长，越会了解“局限”的重要性。有些成就的前提是突破界限，但也有一些界限——诸如人的动物性、万有引力或者目前的经济状况——是无法突破的，只能承认。也有一些成就以界限的存在为前提。在不可突破的框架内，总存在一些模糊之处，在这些模糊之处努力，就像在规定的赛制内训练一样，可以取得成就。并且，因为界限的存在，人脑不得不开动起来对抗界限的压迫，这种对抗的过程增加了对创造力的要求，结果人的创造不但不因界限而消失，反倒因它而更加强劲。看一看游戏玩家们在游戏规则之内实现的诸多突破会对此有更多领悟。或者看看我们的生活吧——在重重叠叠的界限之内，人们做出了很多惊人的事。因而，我们如何面对看上去束缚重重的生活呢？就算这些界限目前不可打破，也总有一些模糊地带可以让你在上面绣花。

没有任何痛苦能通过“想明白”化解

一

人如何在艰难的环境中生存并赋予这种生存意义？如何通过严苛的环境使自己变得严苛，进而创造一个更加严苛的世界？我们面对恶，是顺从，还是为抗拒而让自己拥有更强大的恶？或者，我们有没有一种不为所动的选择，即：不归附也不被反抗的努力而异化？

日本明石海人的和歌歌词里就有这样的细节，比如那句“像生于深海中的鱼族，若不自燃，便只有漆黑一片”。这句话是不慎泄出的深藏的秘密。它以明石海人的悲苦为饵，钩钓出他人的力量。

“深海鱼族”这句歌，来自明石海人的和歌集《白描》的序文。日本导演大岛渚很喜欢这句话，手抄并激励自己。这句话由此流传中国。

明石海人 25 岁患了麻风病，从此一直在疗养院，痛苦至生命最后一刻。《白描》是他在疗养院写下的。1939 年，他 39 岁死去。

生命体验没有奥妙可言，直接面对最残酷的现实，是唯一可靠的方式。不幸者以生命为代价，从苦难的缝隙里漏出些暗示，我们才知道乏味生活的浮渣下潜伏着直白的力。这力量像深海的鱼，在一片漆黑里自己发光。与明石海人的生命一样，这些文字带着日本文化独有的暗丽之色。其中最动人的，就是那个场景：漆黑的海，孤独的鱼光。

二

痛苦可能是力量的来源。在听过日本歌曲里那种哑暗的嘶喊之后，会对力量的来源产生好奇。那些演唱者不嘹亮，不尖啸，他们在表达最激烈的痛苦时也是低暗的，像一只压住音的口琴那样，你感觉得到那种口腔后部拱起的努力，但声音却在某个顶点凝滞住。这种努力而不得嘶喊的感觉，反倒加重了演唱的力量。

这是不奇怪的，人们往往会对虽然无望但绝不放弃的挣扎感到震

像生于深海中的鱼族，若不自燃，便只有漆黑一片。

《白描》 明石海人 翻译：Zoe 世相183期

撼。力量被困住，使劲冲撞，试图冲出的那一刻是最强大的，一旦它获胜，它就开始衰竭。这就是压抑和痛苦的力量，因而这种演唱者反倒比那些有足够的高音来表达强烈感情的人更动人。这种压抑和痛苦的力量又往往与歌词的文字表达的情感是一致的。它们演唱的正是一些平静又痛苦的风暴：破败的街道上落后于时代的酒馆，只能带来痛苦记忆的往事，神伤的人，无望的爱情。

三

疾病和饥饿均让人意识到自身的存在。我对饥饿的经验大于病痛。节食往往与禅或冥想伴随而至。长期节食之际，身体不得不调整自身运行的速度，以迎合某种衰弱的精神感受，痛苦和欲望由于持久的强烈存在而逐渐蜕化为背景，然后逐渐消失在明显的意识之中。饥饿和病痛，均为生活确定了某种弥漫而无法舍弃的不安，对抗这种不安的方式则往往靠精神的抽象力量。久而久之，无论是饥饿还是疾病，都足以使人更加精细地捕捉周遭世界的毛孔里藏着的秘密。但这种精细以痛苦和不适为代价，无人愿意真正获得。如同那些因长久不幸而具有强大表达力的作家，或者被迫遭遇苦难从而发现哲理的先行者一样，谁愿意用长久的快乐换取短暂的才华。“我从来不写快乐的事，快乐的时候我从来不写作，假如可以重新选择，我宁愿要快乐的生活而不是写作。”

四

C.S. 路易斯（他是作家、评论家、基督教护教学者）在《卿卿如晤》中谈论了痛苦和恐惧的相似性。这段话将人人都曾感知却无法说出的感觉写了出来。

“从未有人告诉我，这种悲恸犹如恐惧，二者何其相似。我并不恐惧，但感觉上却似乎在恐惧着什么。胃里同样地翻江倒海，同样地坐立不安，直打呵欠，还不断地咽口水。”

“还有些时候，这种悲恸又如心有浅浅醉意，或脑受微微震荡的感觉，在我和世界之间，隔着某层看不见的帷幕，别人说什么，我都听不进去，或许，是不愿自己听进去，一切都是那么索然寡味。然而，我又希望有人在我身边，每当看见这房子空空如也，我总是不寒而栗，所以，最好还是有些人气，而他们又相互交谈，但是，别来同我说话。”

为了化解痛苦，人们选择苦修，试图解答人生某些难以跨越的界限。但就化解痛苦而言，它的效果非常令人生疑。

歌手莱昂纳德·科恩在传记里写过两段生活：一段写成名之初32岁的诗人在切尔西旅馆的浪荡；一段写60岁时他出家苦修。一段色块斑斓，一段灰暗平静，如同把一幅现代艺术画接在日本枯山水的照片边上，放荡越显得放荡，苦修越显得苦修。

很多苦修者最终的确宣称，经过长久的思考后获得了“彻悟”，并最终淡然面对过去，消弭或起码减轻了之前的痛苦，这让人相信它真能带来平静。事实上却不是这样。为躲避和疗伤而进行的修行，更像是以新的苦取代旧的疼。萧红曾说：“筋骨若是痛得厉害了，皮肤流点血也就麻木不觉了。”

我们所知道的任何痛苦都不能通过想明白或彻悟化解，而得靠麻木化解。修行只是这个反复刺激最终麻木的过程的一种更漂亮的包装。痛苦并非一种理性的情绪，它是无法通过理性解决的。这正如恐惧一样，我们无法因为说服自己世间无鬼便不害怕夜路。痛苦和恐惧之间一定共享了某种未知的心理机制。

当风暴不袭击你时，愤然去袭击风暴

某个下午的风景可以是乏味的，可以是恒久的，唯有坠进沉思生命的深渊里不肯麻木的人，才会从中掀起风尘，这风尘又漫天飘舞，蒙住一切。这就像在平常街道上看到生活的神性一样。在激烈的传奇生活中找到感悟当然很好，但大多数人只拥有看上去像一块抹布似的生活，因而，我们应该在平凡庸常的道路上捡拾精彩的玄机。一次疲劳的步行、一场冗长的会议、一个古怪的约会，或者一次车辆修理，当你可以从中看到某些令人动容的潜质，你就找到了抹布之中藏着的钻石。

并非每个人都对人生历程充满感触。我们没有早年成名，没有中年成名，也不知道会不会还有老年成名的机会。菲茨杰拉德轻易就经历的一天，也许都是常人梦寐以求、终生盼望的短暂的闪耀之日。毕竟，我们未曾在每天醒来时觉得这世界正进入一个属于自己的时代。

我们过着平庸的日子，木然看待眼前的风景，安于静止的生活，不肯让头脑经历狂暴不安的激情，人生历程在一个狭促的平面上打转。如果不曾志得意满，如何体味空虚？如果不曾焦于生活，如何知道满足？如果不曾在当下对未来有过玫瑰色的想象，等未来逼近时，如何能评判那个想象发生的瞬间是如何美妙或忧愁？

林昭在监狱里曾给母亲写过一封信，内容是向母亲唠叨她想吃什么。焦渴和挣扎存在于家常之中，存在于日常之中，不经意中透露出惊心动魄的情感和渴望。

食物本身所透露出来的渴望、怀念、优雅、执着，一道菜品中表现出的人类对艺术、韵律、传统的珍视，都是一些简单却夺人耳目口腹的关键。你所谓一锅牛肉，一只猪头，究竟有如何动人之处？恐怕不多，但假如这猪头和牛肉或者二两猪油里有你对一个正常生活的无比怀念，有你对优雅人生的眷恋和宁肯割舍这眷恋也不愿意放弃理想的勇气，这牛肉、这猪头才值得我们反复记起。

假如即将开始一次可以预见的漫长刑期，带一本什么书总是很重要的。这样的选择在“文革”中发生后,带《红楼梦》《圣经》和带《马克思选集》、英文词典的人都能获得可观的回馈。事实上，像任何生活都可以惊心动魄一样，任何文字都值得细读。如果你跟我一样养成此类习惯，你会发现街头的广告、小卡片上的招嫖指南、菜单上的介绍乃至商店的招牌都藏着玄机。一个菜单如何勾引顾客，是它成功与否的细节显现；一件成衣的产品介绍是干巴的还是性感的，也早晚会与它是否热销有关。

这就是《禅与摩托车维修艺术》让我震惊之处，它在一切风景和过程中看到生活的良质和禅意，它分清两个重叠的世界——具体世界和其后附加的哲学世界。骑行本身是浪漫的，在坎坷的乡村道路、寒冷的夜晚、杂乱无章的行囊或者令人头疼的摩托车维修点上，都藏着一些需要了不起的、可以抽象然后反过来指导生活的禅。

当风暴不肯袭击你时，应当有愤然去袭击风暴的勇气。

附：林昭在狱中给母亲的信

见不见的你弄些东西斋斋我，我要吃呀，妈妈！给我炖一锅牛肉，煨一锅羊肉。

煮一只猪头，再熬一二瓶猪油，烧一副蹄子，烤一只鸡或鸭子，没钱你借债去。

鱼也别少了我的，你给我多蒸上些咸带鱼，鲜鲳鱼，鳜鱼要整条的，鲫鱼串汤，青鱼的蒸，总要白蒸，不要煎煮。再弄点鲞鱼下饭。

月饼、年糕、馄饨、水饺、春卷、锅贴、两面黄炒面、粽子、团子、粢饭糕、臭豆腐干、面包、饼干、水果蛋糕、绿豆糕、酒酿饼、咖喱饭、油球、伦教糕、开口笑。粮票不够你们化缘去。

酥糖、花生、蜂蜜、枇杷膏、烤夫、面筋、油豆腐塞肉、蛋饺，蛋炒饭要加什锦。香肠、腊肠、红肠、腊肝、金银肝、鸭肫肝、猪舌头。黄鳝不要，要鳗鱼和甲鱼。统统白蒸清炖，整锅子拿来，锅子还你。

妈妈你来斋斋我啊，第一要紧是猪头三牲，晓得吧妈妈？猪尾巴——猪头！猪尾巴？——猪头！猪尾巴！——猪头！猪头！猪头！肉松买福建式的，油多一些。买几只文旦给我，要大，装在网袋里好了。咸蛋买臭的，因可下饭，装在蒲包里。煮的东西都不要切。

哦，别忘了，还要些罐头。昨天买到一个，酱汁肉，半斤，好吃，嵌着牙缝了！别的——慢慢要罢。

到底什么理由让人愿意打一场艰难而美好的仗

我们不再容易相信。

假如我们还是小孩子，搭建自己的世界就会变得非常容易，我们可以在一个下午就确立某种世界观，被只言片语所鼓舞，相信非常壮阔的未来。我们会为此产生巨大的热情，并且为此付出长达好几天甚至好几个星期的努力。

然后我们放弃这个世界改投他处的速度也一样快。换一个自己可以委身的事业太容易了。

我们也可以只在一个星期里相信一些简单的道理，然后把它扔到脑后，还不觉得自己有什么不好意思的。

某些时候，忽然想起在小时候特别容易就相信的道理，它们只在某些时刻停留过，并且带来了非常强烈的充实感和幸福感。

如今我们长大了，迟疑并且犹豫。爱上一件事越来越难，一旦接受了，要抛弃也越来越难。就像一块用旧了的硬盘，写进的速度和抹去的速度都开始变慢了。

我们已经压根不信有人会只为原则而去做一件不讨好的事，不相信现实里会出现秋菊，“我就是要个说法”。一旦有人这样做，我们更多的反应是错愕，而不是赞赏。这倒不是说我们没良心，事实上我们是有的，我们不赞成的原因主要是好心，觉得“这样做没什么好处”。

少年时代的罗永浩打过一次官司，他为了计较一个小小的理论，费尽心思，找到当地的各种政府部门，最后还是挫败而归。他写了一篇文章讲这件事，把种种曲折费劲地写得细致曲折，以至于很多人一直以为这是篇小说。但罗永浩告诉我，这是百分之百的真事。“零虚构，除了记忆可能的少许偏差。”

连我起初也怀疑这是小说，它因为不符合常理而显得有些荒诞。但仔细想来突然很难过，青年罗永浩多委屈啊，但是那种陌生的“理直气壮”，为什么我们就丢掉了呢?

这就是令人沮丧的现实，人们相信:不要维权，维权对自己没好处。不要较劲，较劲对自己没好处。不要坚持，坚持对自己没好处——我们很少享受本来应该有的理直气壮。

当我们劝说别人不要去做一件事，我们默认的前提是，那个人并不知道自己要做的是什么，对这件事的后果缺少清醒的认识，或对这件事的性质存在误解。也就是说，我们是在补足信息，而不是帮忙做出决断。

但假如他明知道一件事很难，不讨好，还要去做呢?也就是说，当一个选择基于非常清醒的自我认识，充分评估了过程的艰难、后果的难料之后仍然不改初衷呢?

我们该怎么做?

令人沮丧的是，想到这里我们就会发现，我们与风浪搏斗得太久，把那些最简单的东西都忘记了。

誓言跟时代是相反的，还在遵守誓言的人像旧时代的人

人类对永远的期待其实挺可怜的，因为世界受短暂情绪的影响，誓言却想对抗短暂。人无法保证永恒，神可以，但事实证明神要么根本不存在，要么是从未插手人间事务。对永远的真诚保证实难做到，实现誓言就意味着风险和牺牲——大概因此，人们对誓言越来越不在意，信守的人则格外让人珍惜。誓言跟时代是相反的，还在遵守誓言的人像旧时代的人。

世界太不牢固，持久的保证才被渴求。但理性地看，最好的方式不是一劳永逸的誓言，而是努力掌握每一瞬不断变化的世界和情感，尽力延长那些易变又珍贵的事物的生命。相反，一旦获得“永远”的保证——关于确定结局的保证，人们就松懈下来，不再付出日常努力，这又总加速了衰朽。

人们总能举出一些誓言被遵守的故事。但说起来温暖，其实也挺冷酷的，因为它的温暖依赖于一种难以复制的运气。的确有些人的命运会被拯救的，的确有时候生活会突然好起来，但别紧接着相信这样的故事是理所当然的。每当它发生人们都像是看到奇迹一样。它是特例，特例让世界显得可爱，但并不改变世界的正常运行。

矛盾感、偏差、陌生感

误解了的往日是更好的往日。对理解事物和作品而言，准确至关重要，但美有时是偏差带来的。有些歌曲最动人的地方往往不出现在技术工整、音准和节奏安分守己的时刻，而是出现在突然撕裂和走形，发出某种失控的绝望的柔弱的哀伤的颤抖之际，发生在准确性被损害、歌手对歌曲的形态无法完全决定的瞬间。

矛盾感是美的源头，那些毫无矛盾感、冲突感以及错愕感的文字和产品，都因为太完美而存有缺憾。两个句子之间无论是事实还是审美上，假若完全一致，没有距离，就不会产生感官上的势能，如同一只跑直线的狐狸很快让人厌倦，但突如其来的转折或跳跃横沟时放慢的脚步却让人着迷。夏多布里昂乐于展示他的自我矛盾，这让他成为人性真实的展示品，成为以死亡为借口说出真相的衰老的孩子。

对文学、艺术和设计中的矛盾感的渴望，是人们对自我生活中艰辛而荒唐的努力的反叛。人类将自身所处的生活修理得四平八稳，毫无起伏，人们依赖计划，害怕未如期待发生的结果；掩藏性格中互相矛盾之处，不让人知道自己既内心高尚又干着肮脏的事情。生活是一条经过清理的河床，顺滑、整洁，缺少魅力。而敢于将深藏混乱展露出来，是作品和设计品的可贵功能。一位女士身材娇小却生了个巨大的肩膀，多半会利用装扮的机会掩饰这一点，但在一部小说里我们喜欢肩膀宽大的娇小女士。她充满张力，将我们对平淡无奇的生活的厌倦一扫而光。

回到我们的记忆上来。我们对事物理解的偏差往往带来一种事后会感到庆幸的美，对一个听来的地名、一处风景甚至某一个字词的某种完全错位的认知会留下长久的美丽幻想，这种经验每个人都有过。相比之下，知晓真相并将错位之处挪回正途会带来巨大的失落感，一块构成我们审美和见识的砖头突然被抽除，其结果不只是砖块的消失，甚至可能动摇以它为基础摞起的一整个价值系统。假若我曾在 KTV 听过一首被翻唱以至走调的歌曲并感到了某种美——这种事情总是发生，那么听到它正确版本的那一刻是美消失的一刻。最终假若我们曾对什么是好的青春有过一种理解，然后在中年时突然意识到它是错的，那么我们关于过往人生色彩的确信就整个被推翻了。

然后，我们拖拖拉拉、不情不愿地开始重建过程，但往日偏差的结果会留下永远存在的空洞。

醒了想起梦里游，梦里开心梦里愁，梦里岁月梦里流。

《爱丽丝镜中历险记》 路易斯·卡罗尔　翻译：赵元任　世相 189 期

过去既然很好，你又何必回头

当记忆和现实的风景重叠，错位就产生。部分是重合的，却不得不承受时间变迁，新房子变成旧房子，原先的花圃如今是水塘，曾经的少年已经老去，举行婚礼的花坛已经被狗踩烂。往日的痕迹和当下的见闻之间，如同一个被挤扁的铁盒的上下两个盖子，勉强合在一起，但歪歪斜斜，并不妥帖，于是，在那被留下的缝隙里，写作者的抒情得以生长。时间流逝的痛苦，往日情怀的压抑，同时站在某段时间之流的起点和终点时那种错愕与虚弱，一股脑流出来，冲刷掉被缓慢的时间所掩饰的许多深切伤口。时间的灰慢慢落下，积厚，将痕迹填平，如今一旦冲开，才知道在我们以为匆忙乏味的时间流淌过程中，世界的改变给我们留下多大痛苦。一次重回旧地之行是一次打败日常欺瞒的过程，是一个体认自身伤痕的过程。既然曾缓慢而坚定地撕开创伤的血痂，又怎么会不知道这些呢？

相距多年，你就格外能看到现在和过去之间相距的痛苦伤口。过去越灿烂，现在越显得无望追回。无论春日将至多么欢欣，都不要庆幸在春天留下的美好回忆，因为很多年以后必定有某一个残忍的春天恶狠狠地等着折磨你。夏天也是，秋天和冬天也是。

迪马乔的故事说明了这一点。迪马乔有一个让他传奇般的生涯相比之下不值一提的身份——他是玛丽莲·梦露的前夫。因而，关于玛丽莲的故事在他的生活中像盐巴或者鸡精一样，左右着所有情绪的走向。玛丽莲是一团阴云，笼罩上空，那些堂皇的人生故事被谨慎地用一种“在没有梦露的日子里”一般的语气包装讲述。关于迪马乔的一切行为、情绪、解释都只有那一个，玛丽莲离开了他。应该说，他表现得不坏，他因为梦露的裙子在街边飞起而满脸阴云；他在她死后每天献花；他不谈论任何与梦露相关的往事，直到死为止。

往事的力量越久越大。年纪渐长之后，少年时代那些与身体贴合的气质逐渐剥离，显出独立的存在感。少年时毫不碍眼的激情、梦想、骄傲和羞怯，后来显得既陌生又可贵，也就是说，既让人难为情，又让人怀念。关于这一点，E.B. 怀特自己曾说过一段相当精彩的话，在《一个美国男孩的下午》中，他回顾一次因为害羞而失败的约会，“日益年老的男性……深情回想自己涉世之初的那段时间，记得某次通向笨拙无能的类似旅程，它发生于生命中那段宝贵而短暂的期间。那一页是在爱情之前，由于常被翻及，页边已经卷了；而在那页之后，虽然在叙事上完全游刃有余，却已经失去大胆妄为所具有的新鲜而疯狂的感觉。”

取而代之的是分寸感。分寸感是给年岁日增的人的馈赠和补偿，让他们不至于在回首往事时痛苦地意识到自己的生命正如何凝固，像抹在墙上的石灰逐渐变干了，越来越稳固，也越来越僵硬。

没有耐心的时代

在评价一篇报道好的时候，我们常用的一个说法是“写出了复杂感”。所谓复杂感，就是相反的气质交织在一起的状态。一个与生活死磕的人心里其实藏着柔弱，一个冷血杀手会露出憨厚笑容，这些都让人觉得复杂。

我遇到过几个这样的故事。有一个农民，很穷，常年借钱为生，为供养几个女儿读书家里省吃俭用，几乎从不买肉吃。但有一年春节，那个家庭的母亲花几百元买了件羽绒服，看着很洋气，她幸福地向人夸耀着这件衣服带来的满足感。那一刻我看到了复杂。

有一个小偷，惯犯，在杭州，他因为经常扒窃公车站的乘客被抓。那个抓他的警察去他住的村子里走访，发现他一直资助着一个孤儿，自孩子很小的时候就供他吃住，并且花钱送他上学，像一个严父一样管教他，监督他学习，督促他走上正道。听这位警察跟我说起这个故事的那一刻，我觉得复杂。

至于这位警察，在别人眼里是一个很抠门的人，同事叫他“铁公鸡”，手机已经非常破，但不舍得换，也很少请人吃饭。但自从十年前他破获一起妓女被杀的案子后，他就拿出很多积蓄，并且四处募捐，直到供那个陌生死者的三个女儿读完大学。这也是复杂。

安静地听我讲完这几个故事，我相信大多数人都会同意：上面这三个故事如果只讲一半，一个穷人极端节俭，一个惯犯被抓，一个警察特别抠门，并不是太好的故事，但补上后面一半，就动人起来。

也就是说，我们其实知道“复杂”的魅力。如果一篇报道只写了一个人的一面（即使特别极端），也总不如在那之后突然加上一些完全相反的东西，显得更有余味。在文学上，我们也见过很多极端的人，像欧也妮·葛朗台那样，从生吝啬到死，或者像套子里的人那样，从生刻板到死。但更动人的仍然是钟楼怪人或者《九三年》里的丹东。一个丑陋的美好的人，或者一个心存宽厚的屠杀者。

但是，当“关注度”成为这个时代的重要指标，当人们（在媒体、公众号、微博、广告文案上）渴望被关注，复杂变成了不讨好的一件事。或者说，展示复杂变得不受欢迎了。

无论是了解复杂的魅力，还是展现复杂，都需要耐心与技巧。而需要耐心的事情与这个时代的速度不符。人们相信读者没有耐心，读者也的确没有耐心。人们更希望尖刻、绝对、简单，因为这样子可以吸引他人。

说了这么多，终于谈到了正题。我最近越发感受到朋友圈的话题来去如风。就像冬春之交的北京一样，有时候是西风，第二天突然东风就来了。风势同样猛烈，但方向完全相反。一个话题第一天从一个方向被所有人关注，过几天就换过相反的方向被关注。最近的例子就是“最美图书馆”。

先是说它很孤独很美的一篇文章，几乎地毯式铺遍了朋友圈。很多人宣布那成了自己无瑕的梦想。接着，一篇破坏式的报道指出了它的各种问题，各种不合情理，以及它的商业背景，又刷了一次。这一次，另一些人又出现了，他们觉得这是个笑话。

我想说的是，真实情境也许一定没有那么无瑕完美，但也一定不是个笑话。它原本应该是“复杂的”。

一座在海边的图书馆并非不可想象的，就好像那座著名的建在沙漠里的镂空教堂一样。商业也并不能贬损它的魅力，因为商业曾经成就过无数美妙的东西。

同时它也不会是梦境，因为它一定会因为人的出现而庸俗，因为商业化而现实，因为自然的破坏力而尴尬。

它本来应该有一种复杂的气质。掺杂着设计者的理想主义追求和商业的欲望，掺杂着海边的浪漫和人间社会的嘈杂。这才是生活实现美的方式。

其实这也挺好的不是吗？如果我们愿意付出更多耐心，我们就能看到复杂的魅力，也就是在一味赞美和一味批评之间的那种东西的魅力。

还有很多事都是这样的。

如何在不断变化的世界里从容跟随

总是跟不上流行，总是踩不对鼓点，总是在该大笑的时候冷场，总是在该赞美的时候皱着眉头。当流行年老的时候我还小，当流行年轻的时候我老了。当流行好人的时候我在胡闹，等到流行胡闹的时候我好了。我们这样的人该怎么办才好?

有时候我看着那些年轻的人说着我不了解的字词，喜好着我觉得陌生的事物，会有种强烈的感觉，像作家张建伟所写的："仿佛一个时代望着另一个时代。"

而且，我发现新文化的参与者往往更有行动力，既代表着商业潜力，也更乐于疯狂地向他人推销自己的文化。这让他们充满力量。相较之下，更显得自己孱弱。这大概就是老人们在春天容易死掉的原因之一，看到春机盎然，难免更记起自己的老病。

但我并不想老死在自己那个时代里。我相信一种流行背后藏着理解使它流行的社会的秘密。我乐于追赶新的时代和新的人群，并且听懂他们的话。而且，我也相信这样就能用他们理解的方式与他们对话，告诉他们我那个时代里许多有趣的东西。

我花了很长时间学习“二次元”（虽然经过学习我发现“学习二次元”这件事本身就很不二次元）。有段时间我强迫自己扮演二次元的角色，用自己很不习惯的词语和表情跟人说话。是不是我就成为他们的一员了惹（这个“惹”字又用得太牵强了？也并不会）？但那种感觉挺酷的，像一台 486 电脑风扇吱吱作响地读着一个新系统，你觉得自己起码是在奔跑。

也许总有一天，我会跑不动，到那时候，我准备安心地等着年老再一次流行过来。反正总会有那一天的吧。经验是这样的：在军训的队列里走正步时假如一步踩错了节奏，别去追，别去跟队伍的节奏，而是踩着错的节奏等待队伍的节奏跟上你。

Chapter 5

生活其实是更重要的事

生活是最重要的

重新爱上自然，不要误以为早餐是便利店制作的，也不要误以为冬天的暖气是由供暖商提供的，因为你应该记住，有一种从农田里收集燕麦和劈开一棵橡树填进灶膛的生活。

李奥帕德，如果你知道这个人，也许听说过他是土地伦理的创始者，是避世者，是环保先驱，但是别相信那些扯淡，他是个喜欢古典生活、喜欢打猎伐木、写漂亮文字的文艺青年。他在美国威斯康星州某个鹿群密集之处修建的一座小木屋里，砍柴、沉思、钓鱼，也许别人从他的沉思中看到了很多理念，但我觉得那都是从他对一种真正生活的热爱中自然流露出来的。

生活其实是更重要的事情。现代技术在某些时候遮掩了我们对生活本质的触摸。比如，风景照无法体现真正的风景。风景中最动人的反而是那些从田野、林木、雾气和沼泽中挣扎而出的事物，是你只有走在风景中才能突然降临的思绪。它不属于风景本身，但只有置身其中时它才会涌现，风景照抹杀了风景中轻微的震颤，树叶的抖动、草叶的起伏，湖水的波涌或者微尘的飞扬，它抹杀了转瞬即逝的声响、光芒和气味，而这些律动勾引着感官，或者说，这些律动正仿佛自然的启发从风景中挣脱时引发的。

重新爱上自然，不只是怀念村野，也是怀念我们曾经拥有的鲜活的感受能力。随着我们对异性的喜爱依仗许多偶然因素的即时出发，比如某个下午窗外的光线照在一个少女浑圆的膝盖上，或者当一阵风吹过皮肤时也吹动了她的衣带。这一切必须身临其间——照片、文字、视频是无法代替生活的。

你们都到生活里去了，生活里人口众多。

《死因》 顾城　世相216期

为什么该在日常生活里不断冒险

一

所有人都爱雪山、荒漠和山风溪水。户外和探险早已经成为一种极为流行的生活方式。但探索从来都首先是生存的必需途径，然后才是一个精神工具。正确了解这一点是荒野冒险开始之前应该明白的：你所进入的不是一种生活的轻松点缀，而是生活必不可少的一部分。

但许多以“冒险”和“探索”为名的行为都误解了这种本质。他们将探险当成刺激和消遣，抹杀了这种举动的根本目的：对“生存本质”这一事物的触摸和体验。克里斯·麦克肯多斯，一名逃离文明、生存于荒野的年轻人最终死在荒野。以他为原型的书《阿拉斯加之死》里面，开头就有这样一段话：

阿拉斯加向来都对梦想者、与社会格格不入者有着巨大的吸引力，那些人总认为这块未被开垦的广阔疆土能够弥补他们生命中所有的缺憾。但事实上这片荒野是无情之地，它才不在乎人们的希望或是憧憬之类的东西。

不了解阿拉斯加的人总是喜欢拿起一本《阿拉斯加》杂志随手翻翻，然后就打算：嗯，我要到那儿去，享受一下远离凡尘俗世的生活。但当他们到了这儿后，真的走入荒野时，却发现完全不是那么回事——河流宽而急，蚊子咬死人，大部分地方都无动物可猎。住在荒野里可不是那么轻松的事。

二

那么，荒野里和雪地里究竟是怎样的状态？野外冒险首先意味着身体的舒适度被冒犯。独自在林地里居住了27年的美国“北塘隐士”因盗窃被捕之后是这样说的：

当缅因州最糟糕的一个冬天袭来时，所有的规则都放在一边了。“一旦你到了华氏负二十度以下，你就刻意不去思考。”他告诉我。他睁大的眼睛中透露出对当时回忆的恐惧。“那时你会有信仰。你会祈祷。你祈祷温暖。”曾有几个非常困难的冬天——绝望的冬天——他的丙烷罐用完了，食物也吃完了。煎熬是剧烈的。克里斯称之为“肉体、心理与精神上的痛苦”。

但当承受了肉体痛苦，精神上的馈赠才蜂拥而至。这才是“探索”行为真正内化到心灵的时刻。

“孤独增强了我的感知。但这是个微妙的东西——当我用增强了的感知观察自己时，我就遗失了自己的身份。没有观众，没人看我表演，我只是一个存在。没有必要定义自己；我变得无关紧要。皓月是分针，四季是时针。我连名字都没有。我从来没觉得寂寞。说得浪漫点：我完全自由。”

“我最怀念的，是安静和孤独之间的境界。我最怀念的是沉寂。”他说他会看着一朵层孔菌蘑菇在几年里从他营地里花旗松的树干上生长出去。盛夏之时，他有时会在晚上偷偷溜到湖边。“我会在水面上舒展身体，躺着漂流，看天上的繁星”。

假如你热爱探索之旅，你需要警惕，自己是否过于匆忙，既忽略了身体的苦乏，也忘记了感受当生存真正逼近的那一刻所展露出的精神的动人性？

三

这是我认为被误解和辜负了的“探索”。无论是横跨大洋、飞往宇宙还是独坐的冥想，人的许多举动都可以归结为“寻求未知，接近本质”。生活最大的副作用是为人的生命划定界限，这种界限既保护生活，又禁锢生活。因而探索者通过不时突破界限、逼近危险的极限来保持生命的活跃。但当“户外”和“探险”成为一种不俭省的流俗，关于探索和冒险的纯粹意图就变成了一种麻木的消费主义。

已经死去的歌手卢·里德的一首歌，巧妙地贴合了探索的生命价值。

穿过愤怒与自我质疑
才拥有可以承认一切的力量
当过去的一切让你大笑
这时你便可以品尝这魔力的滋味
挺过你自己内心的战争
你发现那火焰正是激情本身
前方不是高墙而是一扇大门

对于在艰难中寻求进步和改变的人来说，这句话通常是对的：前方不是高墙，而是一扇门。

同行的人比要抵达的地方更重要。

《智族 GQ》2014 年 9 月刊卷首语 · 五年　王锋　世相 300 期

我让生活更简单的努力是怎么失败的

空间永远不够放置杂物，新促销导致不必要的购买，信息处理不完。世界从物质到精神上都变得太复杂了。首先我们要确认，复杂是好事，按照混沌理论，复杂中会产生伟大的事物。但恐怕在那之前，我们得先保证自己不被逼疯。

人们很早就开始着手简化生活了。前些日子，“断舍离”这个禅宗概念被用来指代一种“什么都扔掉”的物质和精神管理方式，它的火爆程度正反映了人们多么痛苦迷惘。当然，大多数信誓旦旦的人最终失败了。只要还在现代生活里，想断舍离根本是不可能的对吧？我在《GQ》的同事去参加过一次很正式的禅修课，十天时间里远离外界，据他说，有效，专注了很多。我很羡慕，同时也担心，回到我们这个啰唆的世界不几天，那种专注又会被剥夺。

E.B. 怀特是最好的随笔作家，大部分时间在乡下居住，他描述了自己简化生活的努力是怎么失败的。我自己的努力也失败了。前几天我关掉了朋友圈，启用了“番茄工作法”，这非常有效，那几天，我连续一两个小时专注于一篇文章，与人见面的过程中也不再频繁拿起手机。但很快我发现，这根本不够。有一天睡觉前，我数了数，还有 42 条微信需要回复，不包括那些不需要回复的寒暄。想真正简单起来，我必须删掉微信，或者干脆扔掉手机，放弃工作和社交，跑到山里去。

这是不可能的。如果实现简单生活的代价是远离现代生活，我宁可还是先忍受嘈杂。这揭示了现代人的普遍矛盾心理，我们所处的一个庞大系统中，它与简单是相悖的。我（和很多人）追求简单化生活失败的原因，是我们不愿意放弃世俗的成功、享乐和自我价值，追求“简单”本身。

但“简单”并不比世俗成功和享乐更崇高。我们一方面渴望简单，一方面又牺牲简单，正是因为他们都是不可缺少的。既然生活过于复杂，我们可以把实现简单生活的指南当作一种纠正之道。但也不要为此而走向相反的极端。当面对混乱的物质和琐碎的信息时，我们要体谅自己的无力感，也要认清这是我们实现当前生活的代价。

为什么要远离人生导师

一

人对人生导师的依赖，来自严重的孤独和不安全感。

在《论赏识》中，米勒说，人们因为孤独而互相赏识，聚在一起，就像“电影明星和他的影迷聚在一起”。我们因为孤独进入圈子，逼迫自己互相赏识，也因为孤独投向导师的怀抱，感受到自己并非毫无外援。我们在此过程中所放弃的，恰恰是被称为独立和清醒的那种高尚的生活状态。

而且一旦习惯了这种互相赏识和互相保护，我们更容易在独处时感到孤独，也就有强烈的渴望挣脱这种独立，去依赖他人。

二

由于同时教导大多数人如何生活，人生导师们往往只能提供一般性建议。但是，提供一般性指导意见，同时教导大多数人如何生活的人，有一个道德规范必须遵守：要明确宣示自己的指导并不能考虑具体细节。当一位女作家表达“男人是靠不住的”这个意见，她有义务指出，有1%的男人可能是靠得住的，以及如何区分其他99%的男人究竟是在金钱还是品性还是性能力上靠不住。

这类“一般性指南”，往往是对生活经验的抽象。抽象意味着要删去骨肉，忽视细节。但假如要将这些被抽象出来的原则重新用于指导具体生活，它的粗略性就会出现问题。人生箴言往往需要极端化表述才有力，但极端不是生活的正常方式。一般性的指南，往往无法尊重每个人的不同条件，无法解决个例中经常出现的意外。

比如，有些情感指南认为：当男人露出某种表情，或使用某种言辞，是表露了他内心的谎言或欺骗，但这教诲有时候却很荒唐。因为导师并不知道具体情境里的天气、阳光强度、咖啡口味以及男人在一个小时前的公交车上有没有被人偷了钱包，这些因素都影响判断结果，单靠苍白无力的总体原则又如何指导呢？

略有道德感的人生导师，往往还能回避是和否的单一判断，只提供模糊的方向性建议，为被指导者留下一线生机。因为方向性的指南留下了偶然性的通道。但对具体情境给出建议，甚至给出事关生死或长久幸福的建议，太过草率，毫无责任感。

三

通常而言，技术性的指南，或者理财导师，因为所描述的事物本身具有理性特征，而不太具有很大的破坏力。但主动积极充当人生导师的人则很可怕，因为寻求人生指南的人往往忧闷缠身，常表现出不管不顾的狂热。人生本身就是乱糟糟的，当遇到无法回避的困难，人们宁肯求助不可知但看上去强大的力量，如果不是信仰鬼神，就信仰一个愿意帮忙、自信满满的导师——其实这跟信仰鬼神得到幸福的概率也差不多。

谁都希望轻松地找到解决生活痛苦的方法，但这种方法并不存在。人生导师的教诲有时恰巧是正确的，但这并不意味着它对另一个人也一样正确有效。热衷于对陌生人生活进行指导的人，要么没有智慧，要么没有道德感。出于自我包装营销的目的或出于对掌控陌生人生活的野心，他们无视一个扭曲选择可能带来的致命后果。

热衷于寻找导师像飞蛾扑火，克制对他人生活的指导则是极大的美德。警惕那些总想着指导一下别人的人生的人。

刻薄盛行的时代，你还喜欢宽厚的人吗

在宽厚和刻薄的斗争中，宽厚维持着表面上的胜利，刻薄占据着事实上的上风。这是很令人尴尬的，因为刻薄往往同时意味着犀利和深刻，而宽厚，很不幸，经常与肤浅、温吞、平庸相连。因而人们对宽厚的推崇更多的是出于对“善良”这种美德的客气的恭维，事实上未必真的多么尊敬；相反，刻薄因为其表现力，总能激起或好或坏的激烈的反应，并且在日常交流中具有更大的杀伤力。结果是，刻薄而使人语塞，赞叹常常出现，宽厚而让人信服则几无所闻。

在大学的现代文学课上，我的老师吴晓东曾经说：在当下阶段，我宁愿你们有深刻的偏激，也不愿意你们有肤浅的客观。这句话自有道理，因为肤浅的东西留不下任何印象，反倒不如哪怕偏激但深刻的观点，起码可以在石头上凿下痕迹。但作为一个天性不喜欢偏颇的人，

这句话始终给我的激励是，只能努力让自己获得“宽厚而深刻”的能力。当然，这比偏激而深刻要难得多。但我不希望自己只是因为肤浅才被迫客观的，也不希望为了追求深刻而变得偏激。我只好努力寻找宽厚、公允的力量，哪怕要花很多努力。因为这世界这么好，怎么能舍得把它拱手让给那些刻薄甚至恶毒的家伙呢？

同样的道理也适用于“好人”。好人已经被普遍视作平庸的标志。这是因为“好人”经常温和、体谅，进而缺乏决断与魄力，不容易具有魅力。“好人卡”往往送给那些为人善良体贴但缺少突出吸引力的人。我想这并不能成为我们害怕做“好人”的理由。“我起码可以做个好人”是一种误解。我们不应该无奈地做一个好人，更不应该为此而不做好人，相反，应该做一个具有魅力和吸引力的好人，这当然也很难，但并非做不到，不过是要更努力罢了。努力点又怎么样呢，世界这么好，怎么能舍得把它拱手让给那些魅力四射的坏家伙呢？

在成功者看起来都不大正常的年代，我们正常人该怎么办

谈论过太多奇特而厉害的人之后，我偶尔会有种绝望感。我跟大多数在读这篇文章的人一样，是个正常人——不是运动天才商业天才写作天才，不是古怪但敏感的商业领袖，也不是孤独但目光独到的产品经理。但我们花太多时间谈论那些怪异的成功者了。我的绝望感是：做一个正常人是不是就别指望什么远大前程了？

这的确是该焦虑。人们喜欢传播不一样的故事。正常人即便活得不错也没有人愿意关注。你想想那些风头正健的人物，哪个不是有些特别之处？要么是像狼狗一样嗅觉灵敏，要么像百灵鸟一样长袖善舞，如果长得特别矮，也能找到精力旺盛的反差感。即便是贝索斯那样的看上去比较正常的企业家，算起来也不正常，他勇猛无比，而且还能“发出夜枭一样的大笑”。当一个正常人，有正常的长相，不丑不好看；

有正常的天资，付出正常的努力，过着正常的甚至可以说不坏的生活，变成一件窒息的事。

久而久之，我看到很多人在努力让自己变成怪人。我有一些原本平和、正常的朋友，变得刻薄、不可捉摸，学古怪的谈吐，或非常刻意地对抗传统认为是好的品质，比如乐于助人、礼貌、诚恳、耐心……你对这些变化不陌生吧？这些变化背后的动机，就是“不正常”正成为时代的宠儿，正常人无处容身，充满失落感。而不正常本身就成为一种身份，使自己与那些被津津乐道的成功的怪人们距离更近了一步似的。

我当然不觉得怪人就不好。我挺喜欢那些怪异而充满才华的人。但将不正常当成一种潮流还是很可疑。我担心这是因为人们被剧烈的偶像时代冲晕了。当一个人怪异而充满才华时，我们难道不是应该学习他的才华才更对吗？

我其实也不太有信心继续当一个正常人了，也经常有种冲动，想变得刻薄一点、神经质一点，比如随声附和辱骂笨人，浑身插刺，模仿乔布斯的神经质或粗暴。但我总怀疑这件事也是天赋，单纯让自己变成一个不正常的人是没有用的。最近看到一篇佟大为的报道，这个问题仍然没有解决，但起码缓解了一点。佟大为保持一个正常人的姿态努力工作，保护生活，尽职尽责，还是挺激励人的。他没有让自己像那些电影圈的怪才们一样奇怪。这说明还是有很多人能既正常又活得很好，且事业有成。我又往回翻了翻，原来了不起的正常人还是很多的，只是他们的故事不那么适合被（社交媒体）传颂，所以人们往往忽略了而已。

生活中必须有一层隐忧，像苍白皮肤下的蓝色脉管。

世相 213 期

假如你是个普通人

我们是否已经准备好接受一个被怪才领导的世界？这个问题绝对不易回答，因为怪才们需要诚恳帮助。他们需要围绕在身边的普通人称职地构建一个适合他们的环境。

假如你不是那个怪才，而是那些普通人中的一个，你是否能做好自己该做的事？

世界由一个人主导而有许多人帮助。这意味着我们总得分出主角和配角。很多时候，配角是否有清晰的身份感，是否称职地守住界限，重要性一点不亚于主角的能力。具体而言，主角的缺陷是否得到有效的弥补和监护，在这个过程中，配角是否真诚、努力地保护主角身上最珍贵的东西，而不是出于野心、鲁莽和忌妒损害他。

自从程序员开始决定我们生活的美学甚至运行规则之后，这一点显得迫在眉睫。重要人物经常表现出如下明显的特质：既有突出的擅长，也存在一些有时可爱有时却令人难以忍受的异常。这一点在“程序员”这个群体上格外鲜明。我们现在已经清楚知道那些功成名就的程序员（包括比尔·盖茨、扎克伯格等）在拥有天才的同时多么荒唐和幼稚。

他们都是“构成大城市庞大人口的不同类型的人里，奇怪个体中的一分子”。关键是，就像保罗·格林汉姆所说的，“没办法，这些书呆子看上去正在接管世界”。

而这些书呆子看上去格外需要一种“恰当的配角”，人既需要准确地填补他的弱点，又要避免这种填补变成一种扼杀。

发生在拉里·佩奇和谷歌公司（尤其是施密特）之间的故事，就是一种理想关系。一个少年怪才，带着梦想、不安全感创办了一个巨大的公司，在尽力阻止他做傻事的同时，所有人都克制地不去伤害他的才华，愿意等他成长，而不是扫地出门（像乔布斯曾遭遇的那样）。

很难说拉里·佩奇还是施密特更重要。这样区分是没有意义的，因为看上去两个人都不可缺少。我想，在得知自己不是只占少数的怪才之后，我们是该想一想怎样成为那个称职的配角。

在成为很酷的事物与成为善意的事物之间，你会怎样选

一

当酷、有趣、新奇、有用开始流行，还有人关心“善意”吗？

关于音乐，我印象最深的一句话是张楚说的：音乐是表达生活的善意的工具。很奇怪，这句话把所有关于音乐的酷炫表达挤走了，它的优先度在所有技术、原则、风格、潮流之上。专业人士会看重技巧，但闭上眼睛回顾我喜欢的音乐，无论是流行歌曲、古典作品，在某一个时刻打动我的，只不过是一丝善意而已，对温暖的颂唱，对寒冷的拒绝，或者说，是那些超越了技术的生命体验。

我是个非常看重技术的人，因为技术可以研究，可以量化，可以

解剖。而技术之上的体验是无法解剖的，是混沌的地带，容易陷入虚无。但尽管如此，技术之上还是有更高的标准。我也非常看重逻辑，而逻辑是冰冷的，逻辑支撑之外，生活需要感性。

因而，对技术之上的那点“善意”的看重，不如说是我希望借此获得拯救的方式，是一种类似信仰一样的寄托和臣服。它不理性，充满危险，但不可或缺。

在讲了一千遍道理之后，我们还是会被一股突然涌起的情绪打动并做出选择，这不是逻辑的失败，而是对逻辑的补充。如你曾做过非理性的选择，你该理解这一点。技术、理性都很好，很重要，但它们不是最终标准。

二

上面的谈论是因为《音乐之声》这部音乐剧而起。每个人都听过的《DO RE MI》《雪绒花》。很难说这些音乐和故事的技术有多么精湛，但它也许比所有音乐都更深入人心。它表现的是生活的善意，是“音乐”这个名词本身对忧伤人生的拯救。

简单而可以轻易获取，不用担心自己衬不上、被拒绝，随时响起也不突兀。这就是我理解的生活的善意，适用于任何作品和产品，而不是音乐。

三

我喜欢生活中的善意。在成为一个很酷、很机灵但冰冷的事物与成为一个很善意的事物之间，你会怎样选？事实上，这个选择已经在不知不觉中频繁发生了。我希望我和世相被视作善意的事物。我希望它能给更多人带来日常的美，带来可以陪伴的温度。

我希望有精湛的技术、高明的逻辑和睿智的理性来支撑这种善意，但总而言之，如果这些技术、逻辑和理性最终没有造成善意，我会感到沮丧。

我知道善意已经不那么被重视了，有点过时，有点老套，有点尴尬。但善意是最古老也最强大的力量，是那种不突出，但最后存活的东西。

人们总说“勿忘初心”，但初心真的不能抛弃吗？

一

与现在流行的观点相反，我认为，初心在许多时候是应该抛弃的。

初心这个词的用法现在通常被误解。Beginner’s Mind 这个词最初在禅宗语义里指“初学者之心”，可以被简单解释为没被经验、经历所污染的鲜活的思想。但当我们现在用到“初心”时，我们往往是指“最初的憧憬”，是一件事物开始时我们的期待、理想、目标。

人们越来越发现“初心”容易破碎。一件带着美好理想和动人预期开始的事，无论是公司、工作、爱情还是旅行，当进程过半，被具体事件纠缠，人们发现梦想远了，憧憬近乎破灭，留下的是庸俗、琐碎甚至丑恶的细节。

留住初心成为一种迫切的呐喊。“勿忘初心，方得始终”成为流行语。我们都熟悉这样的场景，人们从烦琐的事务里抬起头，感到不快和沮丧，或感到目标变形，总喜欢说：我的初心呢？留住初心成为一种高贵的、有宗教感的追求，丧失初心却成为一个人绝对不敢承认的事。与此同时，能留住初心的人却越来越少。这开始让人们经常性地因为沮丧感而产生羞愧感。同时，因为初心很难守住，有人开始觉得这时代不对，一定有种奇怪的力量将人们最初的憧憬和目标夺走了。

有没有人想过，为什么初心就成了一个不能放弃、不能更改的东西？

二

成长本质上是一个人逐渐失去最初自我，更替为新的自我的过程，又因为这个过程伴随着压力、困难、不快的增加，人们对最初的憧憬总是带着巨大的怀旧情感。但除此之外，初心容易有许多不准确性。

当一个公司要创立、一份工作（当然也包括情感和旅行）要开始的时候，人们总会设想它将带来的激动人心的成就和时刻，而习惯性忽略可能带来的难题（尽管大多数人号称做好了面对困难的充分准备，但事实上很少有人真的做好了准备）。初心往往是在这个前提下设立的，它带着浪漫主义色彩，但不切实际。

为实现初心而奋斗的最初的日子里，一切都可能是美好的。孩子还未成年时，人们都使劲夸赞他们身上的优点，他们的勇气、率直和灵感，尽管孩子有太多明显的缺点——不够强壮，不够灵活，不够成熟和理智——人们很少因此责难他们，因为人们预期他们有一天可以补足这些缺点。爱情也是这样的。热恋期何其甜蜜，尽管男友已经在睡觉打呼噜或者粗心大意了，但人们把改变的希望寄托在将来。

等到孩子开始长大，爱情持续发展，公司逐渐成形，人们的耐心消失了，“未来”这个借口逐渐失效。同时，之前被忽略的那些困难就在眼前，无法再躲避。越来越多细节需要解决，梦想和憧憬解决不了实际的困难，在这个时候，初心无法作为一种技术工具解决事实问题。初心与其说是一种激励，不如反过来说成为挫败感的巨大来源，它的反差使现实的丑陋更加不能忍受。这时候，忘记初心、专注当下事务似乎才是更好的方式。

三

还有时候，目标要在现实中调整才能准确起来，而初期的梦想，也就是“初心”，没有经过现实的磨炼，并不准确。这时候最好的办法，是忘记初心，避免初心带来的束缚，而不是揪着初心不放，认为一旦远离最初的设想就是失败的。可以调整的目标才是最有可能实现的目标。人本就该随着自己的成长调整方向，重新认识自我，事物当然也是这样。

我完全理解初心的价值。一方面，坚持初心其实是坚持一种精神上的方向感，让人们避免成为自己的对立面。另一方面，一些事物坚持初心可以获得成功。一位决定做出好衣服的裁缝，几十年后还是可以坚持这一点，并且成为受人爱戴的裁缝。

但不该把初心视为不可置疑的事物，将改变视作背叛。也不该将那些为了解决具体问题进行的烦琐、丑陋甚至肮脏的工作视作对初心的背叛。这听起来极为偏颇，反倒使初心成为祸患，既导致对自我的错误评价，也导致对他人的错误指责。

无论对自己还是对他人，我们都该更慎重地因为“初心”已经丧失而沮丧。生活过程是一个具体的过程而不是一个精神过程，应该允许自己和他人现实、具体地解决缠身的烦恼，寻找出路。初心是一种可以偶尔作为慰藉的东西，但不是重压在前进路上的石头。

过着普通的生活，也能有伟大的体验吗

一

说实话，必须面对自己的平庸，并戳穿“我活得挺不错”的幻象，这种体验并不好。

和很多人一样，我拥有不壮阔但充满小快乐的生活。这种生活就像余世存在一篇文章中写的那样，“欢天喜地地在节日里吃美味，穿新衣，赌博，沉醉于男欢女爱、婚丧嫁娶的快慰和热闹中”。人们“以玩世游戏的态度来应对现实”，很少去想这种生活的不足。

我突然意识到这种生活不够好，是在三亚看到沃尔沃环球帆船赛的船员们拍来的一段短视频时。海上云层昏暗，海水在滚动，最远的一小片天际线上突然垂下一条红色的闪电。

看上去危险而辛苦，但那一刻我愣住了，我觉得快乐什么都不是，成功也什么都不是。一些被有意埋在意识深处的冲动奋力钻了出来，同时，这冲动已经非常遥远且没有机会去实现的挫败和沮丧像海水一样把我冲垮了。

太久以来，英雄主义和理想主义作为现实生活的毒药，被小心谨慎地对待，我们承认理性主义和英雄梦想，但总是加上前提：别冒失地追求它并因此毁掉生活。这话当然是对的，但矫枉过正的结果是，英雄梦想被忙碌充实的生活给踩平了。

二

英雄主义往往离生活比较远，我们很容易就半真半假地将它忘记了。比如，我一直希望骑着龙飞行，但它太遥远，所以我心安理得地买一个龙模型就满足了。很多人希望攀登高山，他们看完王石登上珠峰的新闻后，大概也不会觉得不安，因为那是“太难做到的事”。

再比如航海。乘船渡海这种充满古典冒险主义气息的事情，放在科技发达、信息通畅的当代，总有一些不合时宜。它太不真实，我们会争着去电影院看《加勒比海盗》，为航海者的奇幻冒险感到振奋，然后又安心地睡着了。

想想这件事就让人沮丧：当我们对着大风难过的时候，瑞典船长正在因为没有风而恼火不已。

动人的日常生活一直是我倡导的事物，但它与动人的冒险听上去又存在着很大的分歧。即使过着平凡生活，我们也能体验伟大的冒险吗？

三

平凡生活和非凡生活之间的确有同构性，都面对挑战，都有危急时刻。我试图说服自己的是，即便我们不能去海上，不能去雪山，不能在龙背上飞越天空，我们也许也有机会面对挑战。掌控生活的绳索不被挣断，有时候也不比掌控帆船的绳索更容易。

谈到旅行时我们说，真正的壮美不只存在于外部世界，也存在于自己的勇气中。对冒险也是这样的。回答刚才的问题，过着平凡生活，我们也能体验伟大的冒险吗?

我想，如果有可能，我还是会骑着龙飞到天上去，去海上看红色的闪电。如果没有可能呢?那么要提醒自己，别用短暂而细碎的快乐掩盖住对冒险的渴望,去做更刺激的事,把难题和危机当成风浪去对抗。别放弃对生活的掌控力。

其实生活的凶险不比海洋少。关键是，在平凡生活里不要丧失对风暴的感受力，要像里尔克说的那样，随时看见风暴而激动如大海。无论对自然，还是对生活，我们都没有办法稳操胜券，但我们依然竭尽全力去把控它。

要时刻让心里有风暴。

我认出风暴而激动如大海。

《我认出风暴而激动如大海》 里尔克 世相 86 期

在互联网年代，花五年时间安静地做一件事是什么感觉

大约两个月前，老朋友量子熊猫向我分享了一篇文章。他的作者是一个在小范围内挺流行的网站 Pinboard 的维护者，这个网站足够小：为人们保留曾经收藏过的所有网络书签，也足够稳定，每年为创始人带来约 20 万美元的收入。到第五年，他写了这篇文章。

我看完之后，部分像是在看自己。两年来的大多数时间，在正常的工作和生活之外，我都在做同一件事，挑选并推荐文章。我只有一个人，这件事前后变动也很小。尽管在当下的互联网环境中，很容易有投资者、机构和热心的建议者告诉我这件事可以变成一个更大的事，这一切起码现在并没有发生。

很多人都会问我，每天坚持不断做一件事，你到底是什么感受？

要怀有将任何工作上升到哲学层面的野心。

世相 271 期

我近几年特别不喜欢用“手工业者”和“小而美”形容自己做的任何事。手工业代表着灵巧和耐心，但也意味着寂寞和低效率。maciej把自己五年来的生活形容为“一名小镇银行家”，这个比喻更恰当一些：处在一个巨大系统中，却只充当着小角色；大家缺了你会遗憾，但没有你，也能忍受。

倦怠随时都会来。责任和荣誉的作用都体面而微弱。很多赞誉、感谢和认可都是临时的，人们互相交换真诚之后，就忙着做彼此的事。

剩下的激励就是钱了。当然世相还没有为我赚到什么钱，我和maciej 最大的区别是我有一份工作，有一位老板愿意忍受我并聘用我。但在互联网上靠手工作业维持不多但体面的收入正在被许多人追求。最近的一个例子是木子美，她在微博上辛苦地写了两个月，靠读者“打赏”获得了 10 万元的收入。

这件事听上去挺好的，一个人不依赖什么组织，不追逐所谓“成功”，小而美地赚到一笔钱，并且“站着”。但我看到这个消息以后感到了心酸，不是为木子美，是为这种事情背后的本质。长时间做一件事情，包括写文章这种折磨人的事情，都是将自己放在一个可怕的境地，考验耐心、能力和忍受力，被捆在一件事上无法脱身，但带来的收益并不多。

你能说这是“站着”吗?

在任何一个新世界替代旧世界的过程中，旧世界会有一些事物留存下来，并且因为旧世界的风范受到赞赏。手工业和小而美，正是互联网年代的旧世界痕迹。最近的趋势是，有人追求在新世界的介质里维持旧世界的体面。

我不会做这样的事，我想做新世界的事。美要变大，手工业要作为现代化的提醒。

我不想重复对花五年时间做一件有价值的事发出寻常的“欢呼和赞美”。赞美太容易,理解却需要时间。我仍然尊重那些做此选择的人，但假如你们看到有人在做小镇银行家，不要以为他们只是在享受，他们要对抗的是一整个年代的前进的牵引力。

关于“鸡汤”的若干苦恼

一

关于“鸡汤”争议太多。比如：为什么总有人发一些你认为无病呻吟的话？为什么你分享一句很有价值的话，却总被别人认为是“鸡汤”？

如果你也有过下面三种关于“鸡汤”的困惑，可以继续看。

1. 有些话，一个时间分享出来，会被一堆人说是“鸡汤”，但过了一段时间后，某个事件发生后，忽然有很多人在说它，而大多数人不再认为它是“鸡汤”。

比如，“错过就是永恒”。你失去爱人，在朋友圈发了这句话，许多人会觉得很酸，很“鸡汤”。但尼泊尔地震后，朋友圈里很多人用了这句话，来表达“好可惜没有去过尼泊尔”这个意思，很少会被认为是“鸡汤”。

2. 有些道理，你读了觉得非常有用，是真的有用，甚至解决了重大困惑；但一旦你跟别人说，别人会笑着说：很“鸡汤”啊。你会很委屈。

也有时候反过来，别人发自肺腑地跟你分享了一句话，但你由衷地觉得：很“鸡汤”啊。为什么他们总出这样小儿科的问题？

3. 你认识一些很有品位的人，会对一些“鸡汤”持否定意见。但有一天，他突然在朋友圈里说了一句“永远不要为别人放弃自己的梦想”。你会觉得有点生气或窃喜：原来你也说这个。

二

为什么一句话有时“鸡汤”，有时不“鸡汤”？为什么有人觉得是，却有人觉得不是？这是“鸡汤”引起分歧的关键。争吵双方都有充足的理由。以上例子都来自我的朋友圈。据我观察，很少有人不宣称自己不喜欢“鸡汤”，也很少有人从不发“鸡汤”。

“鸡汤”是有相对性的。

我们判断一句话是不是“鸡汤”，主要不是从它的表达方式上，而是看它到底是只提供虚假的安慰，还是有实际用处——帮助你想清楚一些困惑，或帮助你表达了某一刻的情绪。

但有些话对不同的人效果是不一样的，在不同的时候效果也不一样。“鸡汤”经常是对某种具体情境的总结和抒情，在不在那种情境里，对它的感受是不一样的。一句话如果你看了有用，切中了你的情境，你不会觉得是“鸡汤”。但当你分享在朋友圈里，那些不在这种情境里的人，就会觉得是“鸡汤”。

比如，有一天我看到这句话：“如果你想造一艘船，不要抓一批人来搜集材料，不要指挥他们做这个做那个，你只要教他们如何渴望大海就够了。”这句话来自《小王子》。当时，我正在想怎样让一群人完成一个目标，我觉得这句话太有指南性了。但我随即意识到，假如我把它分享在朋友圈，那些不在思考这个问题的人，会惊讶地认为我发了一句“鸡汤”。

也有时候，一个大事件的发生让许多人都进入了某种情境，因此之前被视作“鸡汤”的话可能就变得不是“鸡汤”了。窦唯事件发生后，许多人自然地在朋友圈分享“做自己”或类似的话。但这句话在平时是很容易被视作“鸡汤”的。

“鸡汤”往往发生在分享中。如果你不对他人说出来,它就不是“鸡汤”。但你说出来，它就有成为“鸡汤”的危险。

三

我的建议是什么呢?

你轻蔑地觉得别人发了一句“鸡汤”的时候，也许那句话对他是真的很有价值。

无论你看到一句多么有道理的话，自己享受它并且偷着乐吧。别老是忍不住把它发在朋友圈里，让它变成“鸡汤”。

被贴上与事实不符的标签后，该怎么办

由于社交网络的出现，现代女性更容易被暴露在比较中，并且感受到压力。“女汉子”“软妹子”“女神”这类标签的出现，其实反映了关于这些问题的思考越来越多——标签是为群体思考寻找捷径的结果。只有当群体性思考变多的时候，标签才会出现。（事实上，男性也处于同样的境况中，只不过标准略有不同。）

既然困惑无处不在，那么硬撑着对这些困惑视而不见就是虚伪的。我不喜欢标签，但如果流行标签不可避免，那么不如细致地将标签拆解。

最有力量的标签也许是“屌丝”。这个词粗俗但富有感染力，突然流行，让人措手不及。政治上的媒体权威（《人民日报》）和品位上的媒体高地（某些高端时尚媒体和顶级奢侈品牌刊发的网络软文）都开

始使用它们。

过去，这些字眼会在辱及别人时使用，没有人认为用脏话骂人是正确得体的。但如今,这些字眼被用于形容自己,它的原罪消失了。“自嘲”永远是合理的。其实语境虽然变换,这些字眼里的粗俗性并未消失，无法想象《人民日报》用“傻屌”称呼一个人，也无法相信某个高端品牌会在自己品牌推广时用“妈×”这样的表述。

另一个流行词也与脏话有关。从“绿茶婊”开始，“××婊”这个称呼蔓延到很多领域。我不喜欢这个分类法（显然它也不是什么正经分类法）。“婊”这个词带着污蔑感，它的流行降低了人们对肮脏意象的警惕。

很多人认为“××婊”的称呼没什么问题。它们起初的确模糊地划出了一个群体，比如“口是心非”，“当面一套背后一套”，“将自己形象纯洁化”等。但厌恶的情绪不能超过界限，并对他人使用一个带着明显歧视和恶意的词语形容他们时，最后又滥用这个词。

我始终认为，在公开表达中使用带有歧视意味的表达是不能接受的，而这一点正在被很多人忽视。

我自己尽量避免在公开和私下场合说到这两个词，因为我相信（这也是事实），每个词被说出时，它的形象会在潜意识里被展示，我不愿意在潜意识里反复强化两个生殖器官。我沮丧地意识到，集体流向往往无法改变。同时我又清醒地感到自信，个人肯定是可以独立于某种集体流向外的。我还是不愿意自称屌丝。在这个大流里我可以站在岸上。

巨头上市，帝国分离，我们如何看待兴衰

一

反差导致强烈的情感。摔落距离越大，就越疼痛。起初和最终的不同越大，人就越觉得错愕、震惊、悲凉。美人早夭比老人死亡更让人惊讶，模范夫妻离婚尤其让人惊讶，就是因为意外感带来更大的感情震颤。这就好比一旦吃过甜美的食物，再吃苦的食物，苦涩就格外难以吞咽。

金庸小说中有两个场景：一个是《倚天屠龙记》中张无忌在光明顶力敌六大门派，一个是《笑傲江湖》中令狐冲嵩山力压群雄，他们全都是由孱弱、落魄的失败者突然震动天下，起点既低，落点又高，让人心中唏嘘不已，正是这个道理。

二

兴亡的魅力就在于此。当帝国崛起、大厦新修、合家欢聚之际，人们曾登上强大与欢乐的巅峰，因而当衰败到来，皇帝末路、大厦将倾、家破人亡，失意与惆怅才显得格外难熬。知道了兴，就更能真切地感受到衰。《罗马十二帝王传》，奥古斯都之际，屡战屡胜，宽厚待人，朝政兴旺，看着觉得心驰神往，等到子孙不肖，荒淫、战败，就格外觉得难堪。

苏格兰公投激起的就是这样的兴衰感。英国首相卡梅隆的演讲也强化了这一点：如果苏格兰人投 YES，那我们便会从此分道扬镳。独立会终结一个国家，一个曾发起启蒙运动，发起工业革命，消灭了奴隶制，打败了法西斯，赢得全球尊重，一个我们称为家的地方。

崩离的惋惜，因为英国曾经的强盛而格外明显。相比之下，乌克兰的公投虽然引起惨祸，但不会让人有兴亡之感。

三

阿里巴巴正在纽约路演，在朋友圈里每天都能看到意气风发的消息。而许多人不约而同地在此时想到当年落魄，谈起十多年前马云在纽约失败的IPO，如今春风得意，看着当年萧条，苦涩已经淡去，踌躇之志却更增加了几分。

总有时候，我们站到这样的历史开端，见到盛极一时的状况人物，这时候人人志得意满，忧虑遥不可及。但时间在我们心里埋下伏笔，人类无法永远保有一种成功，我们所期待的只不过是让成功延续得更久一些。想到总有一天黄花满地，生出的孩子会死掉，倒并不是心怀诅咒，而是深知历史的审美逻辑。

《浪潮之巅》中提到阿里巴巴股东之一雅虎在约20年前的盛况：1996年，成立仅一年的雅虎在纳斯达克挂牌上市，当天股价从13美元暴涨到33美元。各大媒体争先报道了雅虎上市的盛况，雅虎一下成了互联网的第一品牌。而杨致远和费罗也双双进入亿万富翁的行列。

如今雅虎惨淡经营，看到当年兴盛，真恍如隔世。

四

站在历史的维度看待兴衰，并不妨碍我们投入日常生活，为短暂的成败努力。同样，身处日常的争斗中，也不妨碍我们抽身远望，以更宏大的视野看待胜败生死，以便更好地了解我们琐碎努力的长远价值。

RPG 游戏《仙剑奇侠传》第四部里最后有段台词，一直念念不忘：人生一场虚空大梦，韶华白首，不过转瞬，只有天道恒在，循环往复，不曾更改。

这句话，在旧约的《传道书》里，却也有相似的表述：一代过去，一代又来，地却永远长存。日头出来，日头落下。急归所出之地。风往南刮，又向北转，不住地旋转，而且返回转行原道。江河都往海里流，海却不满。江河从何处流，仍归还何处。

这两段话，都不免有“人生无常，何须奋斗”的消极。但真正的勇敢者无须自欺欺人，并不怕知道世界的残酷规律。我们奋争，未必是要更改世世代代的循环，而是纵使身处这时间之流的一个小小的片段中，也想让自己激起些稍纵即逝的浪花。这稍纵即逝的浪花，便是人类自我成就的意义所在。

写给豆瓣十周年

豆瓣是在2005年3月6日上线的。豆瓣的创始人阿北发布了一条加标点共24个字的广播。“从所有人，到所有人：感谢和我们在一起。生日快乐。”

如果每一个可以与“年代”联系起来的事物最终都会过去，那么豆瓣是一个让人希望它慢些过去的年代。

我相信豆瓣是那类真正对潮流产生塑造力的事物。它塑造的通道并不是“文艺”，而是精神生活。通常而言这种力量只有那些市值百亿甚至千亿美元级的互联网公司才有。许多红极一时的公司，用户量和市场估值可以快速超过豆瓣，但它们对社会的塑造能力却无法与豆瓣相比。它是那种被编进潮流基本进程里的事物，也就是说，它对许多人的存在就像空气一样了。

我不是“豆瓣深度用户”。我对豆瓣的使用，就像要查餐厅会打开大众点评网，或要查地点打开高德地图一样。查看电影评分、书籍和唱片简介，我会去豆瓣搜索，豆瓣图书和电影的评分已经成为公认的标准（而不再是小众标准）。腾讯视频在自身的影视评分体系之外，也引入了“豆瓣评分”这个指标，这是一个证据。

网龄长一些的人会知道最初豆瓣是如何被定义的。文艺、小众，标签化明显。最初它也的确如此。后来有一天我忽然发现，豆瓣已经是一个流行的、大众化的网站。原先的小众趣味和单一审美变得多元而开阔起来。很多人认为这一点很糟糕，因为那种独特的、能产生高度认同感的圈层被稀释了，人总会感到伤感。但我认为这一点并不糟。

当一个事物成功完成了初期气质的确定后，它应该努力膨胀自身体量并使这种气质波及更多人。我甚至认为，为了扩大影响力，它可以（且应当）部分稀释之前的气质的浓度——只要这种气质没有完全瓦解。

大众的面目总是更模糊，豆瓣官方数据显示它已经有一亿注册用户了。假如豆瓣仍然是一个几百万人高度活跃、认同的小网站，它也许更动人，但如今这个更大众、离庸俗社会更近的豆瓣，对这个时代的精神生活有更大的贡献。

何况，即使是在这个膨胀的过程中，豆瓣仍然保持了极强的自身气质。这让它能更有效地影响那些它覆盖的人群。

豆瓣的气质显然是偏重精神性的，是关于精神生活的。它没有什么“国外模式”，甚至是很难复制的。但这样一个由多重偶然性构成、最终逐渐长成一个影响当下时代气质基本面的事物，总是让人感到激动。塑造潮流是一件说起来容易做起来极难的事，而且这个过程的发生往往无法快速地测量和计算。我相信豆瓣已经做到了这点。无论商业上的成败如何，这一点都值得人给予赞美。也许这一点永远没法确证，但没关系，有些曾经发生过的事情是可以通过“断定”而留下痕迹的。

祝愿豆瓣有更好的商业发展，并越来越流行。祝愿这种改善精神世界的努力能够影响广泛而深远。

将来总归要天上相聚，别在意此刻流逝光阴

一

“假如你有幸年轻时在巴黎生活过，那么你此后一生中不论去到哪里她都与你同在，因为巴黎是一席流动的盛宴。”海明威这句话曾经印在《流动的盛宴》扉页上，人们津津乐道，却无人意识到它无意间的尖锐。它犀利地点出欢乐的恐怖。欢乐只在发生之际让人愉悦，愉悦短暂，欢乐却不轻易散去，关于欢乐的回忆将一直留存到你的脑细胞逐渐衰老死亡，像附在骨头上的蛆虫，最细微最具体的欢乐的闪回只有引起痛苦时才真正发生，它平日则潜伏在任何可能触碰回忆的地方冷笑。不知道欢乐的可怕，你就无从来了解痛苦究竟来自哪里。

趁溪水尚未成为洪流，如厄运尚未成为命运。

世相 208 期

二

被欢乐强化的痛苦乃至怨恨，如同在油桶里浸过的麻绳，结实而不断。村上春树的小说《太阳以南，国境以西》，只是一名通俗小说家使用通俗笔法写出的第1001个男女间的世俗故事。但里头有一段描写，我十年前看过以后就一直难忘。“我”在背叛了自己17岁的女友泉后，两人分手，但泉自此改变，“孩子们都害怕她”。20年后，在一个街口的信号灯边，他遇见了坐在出租车里的泉，两人的脸相距不过一米，下面的描写是一个通俗小说家可以达到的高峰：

“她脸上已经没了表情。不，这样说不够准确。我恐怕应该这样表述——大凡能以表情这一说法称呼的东西一点儿不剩地从她脸上被夺去了。这使我想起被一件不留地搬走了所有家具的房屋。她脸上的情感就连哪怕一丝一毫都没浮现出来，宛如深海底一般一切悄然死绝。而且她以丝毫没有表情的脸一动不动地盯视着我——我想她在盯视我，至少其目光是笔直地对着我。然而那张脸什么也没有对我诉说。倘若她想向我诉说什么，那么她诉说的无疑是无边无际的空白。

“我隔着玻璃在泉没有脸的脸上缓缓抚摸不已。她却纹丝不动，眼皮都不眨一下。莫非她死了？不，不至于死，我想，她是眼皮都不眨地活着，活在没有声音的玻璃窗里面的世界。那静止不动的嘴唇在倾诉着永无尽头的虚无。”

怨恨可以可怕地改变一个人，而我多么愿意所有人都不被怨恨缠身。“是我第一次吻的女子，是我十七岁时脱光衣服并弄丢其紧身短裤的袜卡的女子”。欢乐结束之后，欢乐即成为怨恨和痛苦的材料，事后咀嚼欢乐其实是在咀嚼一样美好之物已然永远失去的失落。它比以恨与痛苦本身为材料更加有效。这有助于认清欢乐的延续后果，并提醒你该在欢乐时满怀警惕。

三

这几天，关于告别这件事，想得比过去要多很多。筵席开摆既然充满欢乐，筵席要散就得承受苦恼。很久前，有一年冬天，春节宴客持续到傍晚，来客们都散了，我扶着半醉的父亲走到院子里，天色压抑，他突然对我说，天下无不散之筵席。这句话因为它与具体情境的契合以及超脱具体情境的虚无而动人。这是唯一一次我们获得了感情上的真正共鸣。我偷偷哭了一次，因为一些模糊不清的感触。这感触此后反复被验证，所幸我早就洞悉了快乐的价值。所有筵席都因其欢笑而满含危机，需要妥帖对待，需要有恰如其分的恐惧。失控的欢笑终将报偿，请相信它们迟早到来。既然将来总归要天上相聚，又何必在意人间这轻易流逝的光阴。